無敵名

무적명

4

백준 신무협 장편소설

ORIENTAL FANTASYSTORY & ADVENTURE

dream
books
드림북스

무적명 4

초판 1쇄 인쇄 / 2011년 8월 11일
초판 1쇄 발행 / 2011년 8월 22일

지은이 / 백준

발행인 / 오영배
편집팀장 / 신동철
책임편집 / 신동철
편집디자인 / 신경선
펴낸 곳 / (주)삼양출판사 · 드림북스

주소 / 서울특별시 강북구 송천동 322-10호
대표 전화 / 02-980-2112 팩스 / 02-983-0660
편집부 전화 / 02-980-2116 팩스 / 02-983-8201
블로그 / blog.naver.com/dreambookss

등록번호 / 제9-00046호
등록일자 / 1999년 3월 11일

ISBN 978-89-542-4307-0 (04810) / 978-89-542-4303-2 (세트)

* 지은이와 협의하에 인지는 생략합니다.
* 잘못된 책은 구입한 곳에서 바꾸어 드립니다.

無敵名

무적명

4

백준 신무협 장편소설
ORIENTAL FANTASYSTORY & ADVENTURE

dream
books
드림북스

無敵
無敵名

무적
명

목차

제1장

끝에 서다

산에 오르는 소년은 숨이 찬지 거친 호흡을 뱉어내고 있었다. 이마에 땀방울이 맺히고 다리에 힘이 빠져 주저앉을 법한데도 쉬지 않고 다리를 움직였다.

잠시 쉬고 싶었지만 쉬게 되면 밤이 오기 때문에 쉬지 못하였다. 해가 짧은 산중이었기에 해가 지면 찾아오는 어둠이 무서웠다. 육체가 힘든 것보다 밤이 오는 것이 더 무서워 쉬지 않고 걸음을 옮겼다.

소년은 오르막길 끝의 나무 그늘 사이로 드리워진 바위가 보이자 다리에 더욱 힘을 주었다. 바위를 벗어나자 목적지가 보였다. 소년은 기분이 좋아졌다. 이제 거의 다 온 것이다.

조금 더 걷자 노을 지는 하늘과 함께 산등선 사이로 집이 하나 보였다. 아직 거리가 있는 듯 작게 보이는 집이었지만 목적지가 보이는 것만으로도 안심이 되었다.

작은 마당 한쪽에 놓인 마루 위에 십오륙 세의 소년 한 명이 앉아 있었다. 눈을 감고 있던 짧은 머리의 소년은 거친 호흡 소리와 지친 듯한 발걸음 소리가 들리자 눈을 떴다.

"영이구나."

소년의 말에 조금 긴 머리를 뒤로 묶은 소년이 지친 표정으로 고개를 끄덕이며 마루에 다가와 벌러덩 누웠다.

"허억! 허억!"

숨을 몰아쉬던 정영은 곧 품에서 서찰 하나를 꺼냈다.

"권호야, 장문인께서 어르신께 전하라고 하셨어."

"그래? 휴우! 가지고 올 거면 잘 가지고 오지, 땀에 젖은 거 봐라…… 기름종이라 속은 안 젖은 모양이야."

서찰을 손에 쥔 장권호는 한 번 흔들더니 곧 빠른 걸음으로 뒷마당을 지나 위쪽으로 올라갔다.

그 모습을 보던 정영이 고개를 저으며 일어나 앉았다.

"정 사형이시네요."

뒤에서 들리는 고운 목소리에 정영은 얼굴을 붉히며 벌떡 일어나 멋쩍은 미소로 말했다.

"반가워."

빨래를 하고 왔는지 빨랫감이 든 작은 대야를 들고 있던 유송희는 정영과 인사한 후 빨래를 널기 시작했다.

"도와줄게."

정영이 얼른 다가가 말하자 유송희는 고개를 끄덕였다. 비슷한 키의 둘이 나란히 선 모습이 꼭 남매 같아 보였다.

"보기 좋네."

어느새 다가온 장권호의 말에 정영이 얼굴을 붉혔다.

장권호가 빠른 걸음으로 방에 들어가려 하자 유송희가 말했다.

"물은 길어왔어요? 오늘 길어놔야 내일 아침까지 쓸 수 있어요."

"음······."

장권호는 잠시 머뭇거리다 물통을 등에 이고는 빠르게 계곡으로 달려갔다.

그 모습에 고개를 흔들던 유송희는 정영과 눈이 마주쳤다.

"뭐해요? 정 사형도 같이 가서 길어와요."

"그, 그러지."

정영은 다리가 부러질 것처럼 아팠지만 유송희의 말을 거절하지 못하고 물통을 든 채 빠르게 달려 내려갔다.

"송희 보려고 일부러 네가 온 거지?"

장권호가 방 안 한쪽 벽에 기대앉아 묻자 정영이 고개를 저으며 마주 앉았다.

"아니야. 올 사람이 없어서 내가 온 거라니까."

"그래? 그런데 왜 송희를 볼 때마다 얼굴이 빨개지냐?"

"더워서 그래."

짧게 대답한 정영은 힘든 표정으로 자리에 누웠다.

"힘드니까 말 걸지 마. 졸려 죽겠다."

"밥 먹어요."

방문이 열리며 밥상을 든 유송희가 들어오자 정영은 자리에서 벌떡 일어나 상을 받았다.

"이런 건 권호에게 시켜야지. 힘들게."

"사형은 밥을 못하니 제가 해야지요. 거기다 장작도 패야 하고 가끔 사냥도 가야 하니 이런 거라도 제가 해야 공평해요."

유송희가 자리를 잡고 앉자 셋은 작은 밥상을 사이에 두고 둘러앉았다.

우걱! 우걱!

퍽! 퍽!

장권호와 정영이 허겁지겁 밥숟가락을 들고는 산처럼 쌓인 밥을 퍼먹기 시작했다. 반찬이라고 해봐야 나물과 된장, 그리고 이름 모를 풀들이 다였다.

장권호야 원래 식성이 좋아 돌도 씹어 먹을 정도니 말이 필요 없지만 정영은 이곳 장백파에 오기 전 부유한 집안의 자제였기에 이런 음식에는 익숙지 못하였다.

하지만 이곳에 온 지 삼 년이 지난 지금, 그도 어느새 장백파의 음식에 길들여져 있었다. 먹지 못하면 죽을 정도로 배가 고팠다. 그만큼 힘들게 굴리는 곳이 장백파였기 때문이다.

"물!"

장권호가 소리치자 유송희가 고개를 저으며 물이 담긴 커다란 대접을 주었다.

벌컥! 벌컥!

"꺼억!"

트림까지 한 장권호가 기분 좋은 표정으로 물러나자 정영도 같은 동작으로 물러나 앉았다.

문득 뭔가가 생각난 듯 장권호가 유송희에게 번뜩이는 눈빛을 던졌다.

"계란 삶아 먹자."

"안 돼요. 그건 스승님 거예요."

"에이……."

그 말에 실망한 표정으로 고개를 흔든 장권호는 곧 정영을 보며 말했다.

"오랜만에 손님이 왔는데 계란 하나도 못 주다니, 참…… 슬프구나……. 우리가 이렇게 궁핍하게 살고 있다니…… 소문이라도 나면 사람들이 비웃을 거야……."

"사형이 먹고 싶어서 그런 것뿐이잖아요. 거기다 며칠 전

암탉 한 마리 잡아먹었잖아요. 그 일로 스승님께 혼났으면서 아직도 정신 못 차린 거예요?"

"너도 먹었잖아."

"그건……."

유송희는 차마 뒷말을 잇지 못했다. 다리 하나를 뜯어서 권하는 장권호의 손길을 끝내 거부하지 못했기 때문이다.

장권호가 은근한 목소리로 다시 말했다.

"한 개만 먹을게."

"마음대로 하세요."

유송희의 말에 자리에서 일어난 장권호는 번개처럼 부엌으로 들어갔다. 정영도 슬금슬금 일어나더니 곧 장권호의 뒤를 따랐다.

한창 클 나이인 둘에게 밥은 항상 부족했다.

계란을 먹었다는 이유로 마루 위에서 무릎 꿇고 두 손을 들고 있는 장권호와 정영은 억울하다는 표정이었다.

"송희도 하나 먹었는데 왜 우리만 벌주는 거야."

앞에 유송희가 지나가자 장권호가 투덜거리며 말했다.

그 말을 들은 유송희는 약 올리듯 혀를 내밀고는 총총걸음으로 뒤뜰로 사라졌다.

불만이 많았지만 결국 선동한 것은 자신이었기에 장권호는 투덜거리기만 할 뿐 더 이상 토를 달진 않았다. 단지 뚱한 표정으로 입을 내밀 뿐이었다.

"아!"

정영이 뭔가가 생각난 표정으로 자리에서 일어섰다.

"왜 그래?"

정영의 급작스러운 행동에 놀란 장권호가 고개를 돌려 그를 바라보자 정영이 무릎을 치며 말했다.

"사형이 오늘 저녁까지는 꼭 오라고 했는데 내가 그걸 잊어버렸네. 미안하지만 혼자 벌서라. 나는 지금 가야겠다. 지금 가도 해가 질 때쯤에야 도착하겠네."

타탁!

"야!"

정영이 빠른 속도로 사라지자 장권호는 크게 정영을 부르다 곧 혼자 남은 것을 알고는 모르겠다는 표정으로 드러누워버렸다.

"잠이나 자자."

"일어나거라."

조금 독특한 중저음의 목소리에 눈을 뜬 장권호는 눈앞에 백발의 노인이 뒷짐을 지고 서 있는 모습이 보이자 화들짝 놀란 눈으로 일어나 무릎 꿇고 손을 들었다.

"스승님, 오셨군요."

장권호는 조명도의 뒷짐 진 모습을 눈에 담으며 고개를 숙였다. 그 뒤로 유송희가 살짝 보였으나 모르는 척했다.

"영아는 간 모양이구나?"

"예. 해가 지기 전에 도착해야 한다고 갔어요."

장권호의 대답에 조명도는 수염을 쓰다듬으며 고개를 끄덕이다 곧 신형을 돌렸다.

"그만하면 되었으니 가서 물이나 길어오너라. 독에 물이 떨어진 모양이다."

"예!"

장권호는 얼른 대답한 후 빠른 걸음으로 물통을 들고 계곡으로 향했다.

그 날쌘 동작에 조명도는 슬쩍 미소를 보였다.

"너도 점심을 준비하거라."

"예."

유송희 역시 주방으로 향했다.

평범한 일상이었다.

*　　　*　　　*

장권호는 이른 새벽부터 백면암에 올라 운기를 하였다. 매일같이 하는 일은 아니지만 이렇게 오늘처럼 일찍 눈을 뜨는 날이면 언제나 백면암에 올랐다.

주변 암석들이 모두 백색이기에 백면암이라 불리는 곳이

었다.

백면암에서 장백신공을 운용한 후 기분 좋은 표정으로 떠오르는 해를 바라보며 산을 내려온 장권호는 오랜만에 보는 스님의 모습에 고개를 숙였다. 이곳에서 멀지 않은 암자에 기거하는 노스님으로, 스승인 조명도와는 오랜 친구 사이였다.

"안녕하세요."

"권호로구나. 그래, 몸은 좋아졌고?"

"제가 얼마나 건강한데요? 겨울에 감기 한번 안 걸려요."

"하하하! 그렇구나."

"스승님은 석정포 옆에 계세요."

"그래, 고맙다. 안 그래도 송희가 알려주더구나. 내려가 보거라."

"예."

장권호는 인사를 한 후 재빠르게 산길을 내려갔다. 그 모습을 본 노스님도 기분 좋은 표정으로 길을 걸었다.

"스승님께 전해줘요."

큰 바구니에 이것저것 먹을 것을 담은 유송희가 장권호에게 바구니를 건네며 말했다.

"물도 가져가야지?"

"옆에 있어요."

유송희가 자신의 발 옆을 가리키자 큰 가죽 주머니를 어깨에 멘 장권호는 재빠르게 신형을 돌렸다. 부지런히 올라가야 자신도 내려와 밥을 먹을 수 있기 때문이다.

"그럼 다녀올게."

장권호는 가볍게 웃으며 부엌을 나와 산을 타고 올랐다.

"권호를 보았네."

"그랬군."

바둑판을 사이에 두고 앉은 조명도는 지선의 이야기에 건성으로 대답하며 바둑에 몰두하였다.

"건강하더군. 기경팔맥이 모두 뚫린 것인가?"

"그랬지."

조명도가 고개를 끄덕이고는 시선을 들어 지선을 바라보며 다시 말했다.

"자네의 도움이 없었다면 죽었을지도 모르네."

"장백파를 위해서 한 일이니 신경 쓰지 말게나."

그 말에 조명도는 기분 좋은 표정으로 미소를 보이며 수염을 쓰다듬었다.

삼 년 전 장권호가 산에서 산삼을 먹고 쓰러졌을 때 조명도는 자신의 내력을 이용해 장권호의 혈도를 풀어주었다. 그러나 산삼의 약기운이 머리로 쏠리는 것을 막는 것은 그로서도 역부족이었다. 그때 지선이 도와주었고 장권호는 산삼의 약기운을 모두 체내에 받아들여, 지금처럼 건강하게 다닐 수 있게 되었다.

"그런데 요즘은 너무 건강해서 문제네. 산삼을 몇 뿌리나 더 먹었는지도 모르고. 몸에 좋다는 건 다 찾아 먹으니……. 얼마 전에는 어디서 찾았는지 하수오도 하나 먹은 모양이야."

"허허! 이 산에 있는 것을 먹은 것뿐인데 무슨 걱정을 그리 하는가?"

"적당히 찾아 먹어야지. 밥을 굶기는 것도 아닌데 배 속에 걸신이 있는 건지……. 쯧!"

조명도가 혀를 차자 지선이 조금 걱정스러운 표정으로 말했다.

"너무 많이 먹는 것도 좋지 않기는 하지……. 그래도 너무 걱정하지 말게나. 그것도 다 하늘이 그 아이에게 주신 선물이니 말이야. 범인은 평생을 찾아도 구경 못할 영물들을 그 아이는 마치 귀신처럼 찾아내니 그것 또한 하늘의 뜻이 아니겠는가?"

"그렇다면야 큰 걱정은 없지만…… 양기가 너무 강해서 고민이네."

조명도의 근심 어린 표정에 지선은 미미하게 고개를 끄덕였다. 대다수의 영물들이 양기를 가지고 있기 때문이다.

"백옥궁에 가보는 것은 어떤가? 음기가 가득한 곳이니 조금은 도움이 될 것이네."

"음......."

조명도는 지선의 말에 고민스러운 표정을 보였다. 쉽게 결정할 문제가 아니었다. 백옥궁은 쉽사리 갈 수 있는 곳이 아니었기 때문이다.

"스승님!"

잠시 고민스러운 표정을 푼 조명도는 큰 소리와 함께 나타난 장권호를 쳐다보았다.

"점심 가져왔어요!"

장권호가 힘차게 말한 후 옆에 서자 지선이 그런 장권호의 머리를 쓰다듬으며 말했다.

"여기까지 이렇게 오는데 숨도 안 찬 모양이구나? 땀 하나 흘리지 않은 것을 보니 정말 좋아 보인다."

"하하! 제가 체력하면 또 호랑이도 저리 가라 할 정도입니다."

장권호가 자랑하듯 말하자 조명도가 그런 장권호에게 말했다.

"수고했구나. 내려가서 단철공이라도 익히고 있거라."

"알겠습니다. 그럼 저는 이만 가보겠습니다."

장권호는 재빠르게 인사한 후 바쁜 걸음으로 산을 내려갔다. 그 모습을 잠시 물끄러미 보던 지선이 다시 말했다.

"자네가 가끔은 부러워......."

"후후......."

지선의 말에 조명도가 기분 좋은 표정으로 수염을 쓰다듬었다.

"부러운가?"

"으음······."

지선은 침음을 삼키며 고개를 저었다. 다른 건 다 몰라도 권호를 볼 때마다 가끔씩 자신도 제자를 두고 싶다는 생각이 들었다.

*　　*　　*

오늘 구입한 음식 값을 결제한 후 자리에 앉아 잠시 창밖을 보던 장도명은 반가운 얼굴이 뛰어 들어오자 자신도 모르게 일어섰다.

"이게 누구야! 우리 권호 아니냐! 하하하!"

장도명이 누구보다 반갑다는 표정으로 달려가 장권호를 안아 올렸다.

"사형!"

장권호도 기쁜 표정으로 소리친 후 바닥에 내려섰다. 그리고는 주변을 둘러보며 깔끔하면서도 넓은 집무실을 돌아다녔다.

"송희도 왔구나!"

"사형을 뵙습니다."

유송희의 인사에 장도명은 그녀를 번쩍 안아들었다.

"어머!"

"애는 애처럼 굴어야지. 그게 뭐냐, 다 큰 처녀처럼."

장도명이 가벼운 유송희를 안아들고는 한 바퀴 돌았다.

"어서 오너라! 하하하!"

호방하게 웃은 그는 곧 얼굴이 빨개진 유송희를 내려놓고 말했다.

"송희가 좀 큰 거 같은데? 전보다 무거워졌어."

"사형 미워요."

유송희가 여전히 붉은 얼굴로 고개를 숙이자 장도명은 그 조숙함에 고개를 저었다.

"하하하!"

창밖에서 어느새 밖으로 나간 장권호의 웃음소리가 들려왔다.

"아, 저놈…… 또 사고 칠라. 얼른 먹을 것으로 얌전하게 만들어야 하는데……. 총관!"

장도명이 총관을 부르며 밖으로 나갔다.

방 안을 둘러보다 한쪽에 있는 의자에 다소곳이 앉은 유송희는 탁자 위에 놓인 찻잔과 찻주전자를 보곤 주전자에 들어있는 차를 따라 조금씩 마셨다.

"아싸!"

휘리릭!

돌들을 뛰어넘으며 정원을 한 바퀴 도는 장권호의 모습에 유송희는 고개를 저었다. 저런 모습을 보일 때마다 창피했기 때문이다. 가끔이지만 장권호가 너무 어리게 보였다.

"사매! 사매! 여기 잉어 떼가 있다!"

장권호가 호수 앞에 서서 소리치자 고개를 내밀어보던 유송희는 다시 단정한 자세로 앉았다. 시비들이 장권호의 그러한 모습을 보며 웃고 있었기 때문이다.

오랜만에 만난 장권호와 유송희 덕분에 실컷 웃던 장도명은 스승인 조명도가 들어오자 자리에서 일어섰다.

"스승님을 뵙습니다."

"앉거라."

손을 저으며 장도명과 함께 자리에 앉은 조명도는 장권호와 유송희에게 말했다.

"너희들은 나가 놀고 있거라."

"예."

둘은 재빠르게 일어나 밖으로 나갔다. 남아서 두 사람의 대화를 듣는 것보다 나가서 노는 것이 더 좋았기 때문에 불만은 없었다.

"잘하고 있는 것 같아 다행이다."

"과찬이십니다."

장도명이 미소를 보였다. 스승의 반대를 무릅쓰고 온 것이니 더욱 잘해야 한다는 생각을 늘 하고 있던 그였기에 조명도의 칭찬이 기분 좋게 들렸다.

"검명의 소식은 들었느냐?"

"아직 듣지 못했습니다."

장검명의 소식을 묻자 장도명은 걱정스러운 표정을 보였다. 집을 떠난 지 삼 년이 다 되었지만 장검명에게선 이렇다 할 소식이 없었다.

"너무 걱정하지 말거라. 진중한 녀석이니 잘 살고 있을 게야."

"예⋯⋯."

장도명은 대답을 하면서도 가슴 한쪽으로는 걱정과 근심을 담았다.

화제를 바꾸려는 듯 조명도가 말을 돌렸다.

"이제 일파를 이루었으니 너도 장가를 가야지?"

"예? 장가요? 하하! 아직⋯⋯ 아직은 아닙니다."

장도명이 쑥스러운 표정으로 말하자 조명도가 미소를 보이며 다시 말했다.

"너무 늦기 전에 가거라. 마음에 드는 처자가 없는 것이냐?"

"아직은 생각 안 하고 있습니다. 스승님의 말씀처럼 마음에 드는 처자를 만나면 바로 가겠습니다."

장도명의 말에 조명도는 고개를 끄덕였다. 이렇게까지 말하는데 더 권해봤자 소용없다고 생각한 것이다.

"내일 백옥궁으로 갈 것이니 준비 좀 하거라. 꽤 먼 거리니 음식도 넉넉하게 준비하고."

"예, 분부대로 하겠습니다. 그런데 혼자 가시는 것입니까?"

조명도가 고개를 저으며 말했다.

"권호를 데려갈 생각이다."

"아....... 하지만 사내를 데려가면 썩 좋아하지 않을 텐데요?"

"내가 데려가는 건데 좋아하지 않으면 어떠냐? 너무 걱정하지 말거라."

"예."

조명도의 말에 장도명은 고개를 끄덕였다.

"그동안 송희를 부탁할 테니 잘 보살피고 있거라."

"알겠습니다. 송희는 명석한 아이라 인기도 많고 따르는 아이들도 많으니 너무 걱정하지 마십시오."

조명도는 천천히 자리에서 일어섰다.

"이만 가보마. 볼일 보거라."

"제가 방까지 안내하겠습니다."

장도명의 말에 대답하지 않은 조명도였지만 꽤 기분 좋은 표정이었다.

장백파의 좌파는 많은 사람들로 붐비는 곳이었다. 지금은
장권호의 둘째 사형인 장도명이 장문인으로 있었고, 그 성세
가 동북지방에선 최고라 불릴 만큼 대단했다.

　그런 장백파의 사조라 불리는 조명도의 제자가 장권호와
유송희였다. 그렇기 때문에 이곳에서 그들에게 함부로 대하
는 사람은 단 한 명도 없었다.

　호수 옆에 앉은 장권호는 안에서 헤엄치는 잉어들을 바라
보며 문득 먹고 싶다는 생각이 들었다. 유송희는 기다렸다는
듯이 여제자들 사이로 사라진 상태라 지금은 장권호 혼자였
다. 사매인 유송희도 같은 또래의 여자들이 필요했고, 이곳
에 오면 늘 기다려주는 그녀의 친구들이 있었다.

　"뭐해?"

　정영이 옆에 다가와 말하자 장권호는 고개를 돌렸다. 이곳
에서 그래도 자신에게 말을 걸어주고 놀아주는 친구는 정영
이 유일했기 때문에 그의 등장은 반가운 일이었다.

　"잉어 구경."

　"신기하니?"

　"신기한 게 아니라 보고 있으니 재미있어서 그래."

　"재미있다고?"

　거의 매일 보는 정영이었기에 재미있다는 장권호의 말을
이해하지 못하였다.

　"겨울이 되면 분명 호수도 얼 텐데 잘도 만들었다는 생각

이 들어서."

"겨울이면 실내로 옮기니까 걱정은 없어."

"그래? 그랬었군……."

장권호는 고개를 끄덕였다. 하지만 조금 실망한 눈빛이었다. 겨울이 되면 모두 죽을 거라 생각했기 때문이다.

"한 것도 없는데 배가 고프네."

장권호가 기지개를 펴며 일어나자 정영이 아직 식전인 것을 상기하고 말했다.

"식당에 가도 밥은 없을 거야. 아직 준비 중일 테니……. 그래도 혹시 모르니 한번 가봐."

"그래야겠어. 같이 갈까?"

장권호의 물음에 정영은 손을 저었다.

"놀아주고 싶은데 수련 때문에 가야겠다. 잠시 심부름하러 나온 거거든."

"수고해."

장권호가 이해한다는 표정으로 고개를 끄덕였다.

곧 정영이 돌아가자 장권호는 심심한 표정으로 이곳저곳을 기웃거렸다.

다른 제자들과 달리 그는 이곳에서 수련을 할 필요가 없었기에 자유였다. 이곳에는 그에게 무공을 가르쳐줄 사람이 없었던 것이다.

다음 날 아침이 되자 장권호는 조명도와 함께 백옥궁으로 향하는 수레에 올라탔다. 스승인 조명도가 마부석에 앉아 직접 고삐를 잡았고, 장권호는 뒤에 누웠다. 마차를 이용하지 않고 수레를 이용하는 것은 수레에 짐을 더 많이 실을 수 있기 때문이다.

장백파를 나온 둘은 장백산을 내려와 곧 거대하게 펼쳐진 장백산맥을 넘어갔다. 그러는 동안 노숙을 해야 했고, 오 일이 지나서야 겨우 장백산맥을 빠져나올 수 있었다.

저 멀리 드넓게 펼쳐진 논밭 위로 많은 사람들이 오가는 성이 보였다. 장백파를 떠난 지 오 일 만에 보는 커다란 성으로, 교화성이었다.

그곳에서 일박을 한 장권호와 조명도는 계속해서 북상했다.

다시 오 일 동안 북상한 그들은 길림성에 들어설 수 있었다.

길림성에 두 번째 온 장권호는 여전히 거대한 그 규모에 잠시 주변을 구경하느라 정신이 없었다. 단 한 번 평양성에 갔을 때 느꼈던 감정을 길림성에서 다시 느낄 수 있었다. 그 느낌은 전신을 타고 흐르는 활력 같은 것이었다.

길림성에서 일박을 한 그들은 음식을 구해 다시 북상하였다. 목적지는 이곳에서 한참을 더 올라가야 했다.

길림성을 나온 장권호는 끝없이 펼쳐진 드넓은 동북평원

을 가로질러갔다. 동북평원은 가도 가도 높은 산이 눈에 안 띄는 정말 넓은 평원이었다. 가끔 낮은 구릉들이 보이기는 했지만 산이라고 부를 수도 없었다.

그렇게 칠 일 정도 북상한 그들은 드넓은 초원 위에 커다랗게 자리한 송원성에 도착할 수 있었다.

송원성까지 오자 여행의 피로가 밀려오는 것 같았다.

객잔에 방을 얻은 장권호는 곯아떨어졌고, 조명도는 차를 마시며 창밖으로 활기찬 사람들의 움직임을 바라보았다.

다음 날 송원성을 나올 때 마부석에는 장권호와 조명도가 함께 앉아 있었다.

"권호야."

"예."

"사람이 참 많이 살고 있지 않느냐?"

"예, 사람도 많고 세상이 넓다는 것을 다시 한 번 느끼고 있습니다."

장권호가 밝은 표정으로 대답했다.

"그렇지, 세상은 넓지…… 허나…… 이곳은 피에 젖은 땅이라는 것을 알아야 한다. 이곳은 전쟁에 젖은 땅이지…… 수많은 사람들이 전쟁을 치르고 그 시체가 쌓여 만들어진 곳이다. 그 점을 기억하거라."

"예."

장권호도 과거에 일어난 수많은 전쟁에 대해서는 이야기

를 통해 알고 있었다. 이렇게 평화롭게 사는 사람들의 기억 속에는 전쟁이 자리 잡고 있을지도 모른다.

송원성을 나와 다시 오 일을 북상하자 저 멀리 백성(白成)이 보였다.

백성에 도착해 일박을 한 그들은 동문을 나와 백옥산으로 향했다.

*   *   *

백옥궁의 총관이자 궁주의 대제자인 임아령은 자신의 서재에 앉아 있었다. 총관이라는 직책을 맡았지만 웬만한 일들은 밑에서 다 처리하기에 그녀가 하는 일이라고는 저녁에 한 번 보고받는 게 다였다.

중원에서 아주 멀리 떨어진 백옥궁이었기에 오는 손님도 거의 없었고, 특별한 일도 일어나지 않았다. 때문에 일상 자체가 따분하기도 했고 반복적으로 돌아가는 날들이 지루하기만 했다.

"손님이 오셨어요."

서책을 보던 임아령은 시비의 목소리에 책을 덮고 자리에서 일어섰다. 손님과 만나기로 한 약속은 없었기 때문에 조금 의아한 생각이 들었다. 이렇게 급작스럽게 이곳에 올 손님은 아무리 생각해도 없었던 것이다.

"약속된 손님이야?"

"약속된 손님은 아니에요."

임아령은 아미를 찌푸리며 손을 저었다.

"그럼 돌려보네."

"장백파에서 왔어요."

장백파라는 말에 임아령의 눈이 반짝였다. 장백파라면 이야기가 달라지기 때문이다.

"객청에 모셔, 금방 갈 테니. 그런데 장백파에서 누가 왔지?"

"사조님하고 삼제자라 들었어요."

조명도가 왔다는 말에 조금 놀란 표정을 지었던 임아령은 삼제자가 왔다는 말이 이어지자 아주 작은 꼬마의 얼굴을 떠올리며 실망한 표정을 보였다.

"그래, 알았다. 너는 가서 금화원(金花院)을 치우도록 하거라. 손님들이 묵으실 방이니 깨끗이 치워야 한다."

"예."

시비의 대답을 들은 임아령은 곧 빠른 걸음으로 객청을 향해 걸어갔다.

객청 주변은 십 대 소녀들로 붐비고 있었다.

백옥궁의 십대제자들은 거의 다 온 듯한 그 모습에 안으로 들어오던 임아령은 살짝 아미를 찌푸렸다. 아무래도 백옥궁에 사내가 들어온 것이 화제가 된 게 분명했다.

"모두 물러가거라."

임아령의 차분한 목소리에 객청 안을 보던 제자들이 화들짝 놀라 물러섰다.

"안녕하세요."

안으로 들어간 임아령은 고개 숙여 인사하는 장권호의 모습을 잠시 놀란 표정으로 바라보았다. 오 년 전과는 너무 달라져 있었기 때문이다. 아직 소년이긴 하지만 큰 키에 다부진 체격을 하고 있는 장권호는 어느새 사내다운 강인한 인상이 묻어나고 있었다.

임아령이 미소를 보이며 장권호의 어깨를 두드렸다.

"정말 많이 컸구나…… 몰라보겠다."

"하하……."

장권호가 쑥스러운 표정으로 웃음을 보였다.

그녀는 곧 조명도를 향해 인사했다.

"제자 임아령이 인사드립니다."

"앉거라."

자리에 앉은 임아령은 조명도의 앞에 차를 따랐다.

"건강하신 것 같아 기분이 좋아요."

임아령의 말에 조명도는 웃으며 차를 마셨다.

임아령이 다시 말했다.

"잠시만 기다리세요. 궁주님께서 다른 볼일 때문에 잠시 자리를 비우셨어요. 곧 오신다니 도착하시면 제가 안내할게요."

"알았다."

조명도가 여유로운 표정으로 고개를 끄덕였다.

임아령은 다시 장권호에게 시선을 던졌다.

"권호가 이렇게 컸다니, 이 누나는 정말 몰라보겠구나. 그래, 그동안 잘 지냈니?"

"잘 지냈지요. 아직 더 커야 하는데 요즘 키가 안 커 고민입니다."

"지금도 큰데 얼마나 더 크려고? 호호!"

장권호의 말에 임아령은 웃음을 보이며 머리를 쓰다듬었다. 임아령에게 장권호는 여전히 귀여웠기 때문이다.

몇 마디 담소가 오가고 얼마 지나지 않아 궁주의 부름이 있었다.

임아령은 조명도와 함께 궁주를 만나러 가기 위해 자리에서 일어섰다.

금화원에 홀로 안내되어 들어온 장권호는 백화궁의 두 여제자들이 다과를 차려주자 의자에 앉아 다과를 먹으며 밖을 구경했다. 자신의 집이 아닌 남의 집에 왔다는 생각 때문에 그런지 상당히 과묵하고 얌전했다.

이십 대 초반으로 보이는 두 여제자들은 그런 장권호가 신기한 듯 물끄러미 바라보고 있었다. 남자를 보는 일이 드문 곳이었기에 장권호 자체가 신기했던 것이다.

"장권호!"

날카로운 목소리와 함께 금화원의 문을 통해 여섯 명의 소녀들이 걸어 들어왔다.

그녀들의 모습을 본 장권호는 자리에서 일어섰다. 무엇보다 자신의 이름을 누군가가 불렀다는 것에 더 호기심이 생겼다.

"밖으로 나와!"

십 대 소녀의 큰 목소리에 장권호는 어리둥절한 표정으로 밖으로 나갔다.

작은 마당에 서자 그 앞에 서 있는 여섯 명의 소녀들이 보였다. 모두 처음 보는 얼굴들이었지만 가장 앞에 선 소녀는 어디선가 본 듯도 했다.

아직 젖살이 안 빠져서 그런지 볼살이 통통한 그녀는 긴 흑발을 허리까지 기르고 있었고, 다른 제자들과 다르게 백색의 피풍의를 걸치고 있었다. 또한 손에 든 백색 검집은 금색의 구름 문양이 들어가 있어 화려해 보였다.

"누구지?"

그녀는 기가 막힌다는 표정으로 눈을 부릅뜨며 말했다.

"나를 몰라?"

"잘 모르겠는데."

장권호가 고개를 저으며 대답하자 그녀는 얼굴을 붉혔다. 자신의 뒤에 서 있는 소녀들 때문에 더욱 창피한지 어깨까지 떨었다.

"가내하다! 기억 안 나? 장백파에서 만났잖아."

가내하가 분노한 표정으로 크게 말하자 장권호는 그제야 기억난 듯 눈을 반짝였다.

"아! 기억났다."

장권호의 말에 가내하는 팔짱을 끼며 미소를 보였다. 그녀의 뒤에 있던 소녀들도 꽤나 놀란 표정들이었다.

"그때는 굉장히 작았는데 많이 컸구나."

"너도 많이 컸네, 나보다 작았는데."

가내하가 다가와 키를 재보다 자신이 더 작자 화난 표정으로 물러섰다.

한순간 다가온 가내하의 체향에 장권호는 살짝 얼굴을 붉혔다.

"뭐…… 키가 큰 거야 그렇다 치고, 백옥궁에 왔으면 가장 먼저 나를 찾아 달려왔어야지 여기에 혼자 있는 경우는 또 뭐니?"

가내하가 아미를 찌푸리며 조금 화난 표정으로 말하자 장권호는 그게 무슨 뜻인지 몰라 고개를 갸웃거렸다.

"무슨 말인지 잘 모르겠지만 아무튼 반갑다."

미소를 보이며 손을 내미는 장권호의 모습에 가내하는 다시 한 번 어깨를 떨다 화난 표정으로 말했다.

"생각해보니 너한테는 빚이 있었지? 오늘 제대로 한번 겨뤄보자."

스릉!

가내하가 말을 끝냄과 동시에 검을 뽑아들자 장권호가 매우 놀란 표정으로 물러섰고, 곁에 있던 이십 대의 제자들이 가내하의 앞을 막아섰다.

"소궁주님, 이러시면 안 됩니다."

"왜? 비켜! 저 자식하고는 풀어야 할 원한이 있어."

"여기에서 검을 뽑으시면 궁주님께서 경을 치실 겁니다."

가내하는 두 제자들의 말에 잠시 장권호를 노려보다 검을 도로 검집에 넣었다.

"쳇! 가자."

가내하가 신형을 돌려 자신을 따르는 소녀들과 함께 밖으로 나가자 장권호는 조금 당황한 표정으로 남은 두 여자들을 바라보았다.

그녀들이 손으로 입을 가리며 웃기 시작했다.

"소궁주님의 저런 모습 처음 봐."

"그렇지?"

그렇게 말한 둘은 다시 한 번 장권호를 바라보았다.

"그런데 두 분은 이름이 어찌 되나요? 뭐라고 불러야 할지 몰라서요."

"령이에요."

"화예요."

머리를 우측으로 묶은 우측의 여자가 령이었고, 조금 작은 키에 머리를 뒤로 묶은 여자가 화였다.

"좀 씻고 싶은데 어디서 씻어야 하나요?"

장권호가 상당히 피곤한 표정으로 말하자 령과 화는 웃으며 장권호를 안내했다.

제2장

봄 같은 그녀

다음 날 조명도는 장권호를 홀로 남겨두고 백옥궁주와 여러 장로들과 더불어 한 달간 떠난다고 하였다.

　어디로 가는지, 왜 가는지에 대한 설명은 없었다. 잠시 나갔다 온다는 말과 함께 한 달 정도 걸린다는 게 다였다.

　장권호도 묻지 않았다. 어른들의 일엔 끼어드는 게 아니라는 것을 잘 알기 때문이다.

　백옥궁에 온 지 불과 하루 만에 이곳에 홀로 남겨진 장권호였다.

　그동안 백옥궁은 임아령이 주관하게 되었다. 부궁주가 없기 때문에 대제자인 그녀가 궁주를 대신하여 한 달 동안 장권호를 보살피게 된 것이다.

여제자들의 재잘거리는 소리가 식당 주변에 울렸다. 모두들 넓은 식당 안으로 들어가지 못한 채 밖에서 안의 상황을 지켜보는 듯했다.

안에는 단 두 명만이 마주 앉아 넓은 식당 안을 모두 차지하고 있었다.

한 사람은 가내하였고 다른 한 명은 장권호였다.

장권호는 심심함을 이기지 못하고 금화원을 나왔다 식당에 들렀다. 그가 나타나자 여제자들이 몰렸고, 가내하가 그녀들을 모두 물린 뒤 홀로 독대하였다.

그로 인해 식당 안으론 누구도 함부로 들어갈 수가 없었다. 무엇보다 가내하의 투기와 눈빛이 들어오는 사람들을 막고 있었다.

"아직 음식이 나오려면 멀었다. 이렇게 있지 말고 운동이라도 하는 게 어때?"

가내하가 눈을 반짝이며 말하자 장권호는 선선히 고개를 끄덕였다. 계속 그녀를 피할 수는 없기 때문이다.

"그렇게 하지."

"이곳에서 싸울 수는 없으니 밖으로 나가자."

"그렇게 해."

가내하가 자리에서 벌떡 일어나 먼저 나갔고, 그 뒤를 장권호가 따랐다.

그녀가 앞으로 걷자 몰려 있던 소녀들이 일제히 길을 터주었다. 십 대 중후반의 소녀들은 모두 가내하를 따르는 듯 보였다.

식당 앞의 꽤 넓은 공터에 멈춰 선 가내하는 장권호를 바라보았다.

장권호 역시 팔짱 낀 상태로 가내하를 마주 보다 곧 주변을 둘러보았다. 무수히 많은 여자들의 시선에 눈살이 찌푸려졌다. 모두 자신을 주목하고 있었기 때문이다.

이럴 줄 알았다면 오 년 전 가내하를 울리는 게 아니었다. 그 당시의 일을 자세히 기억하지는 못하지만 분명 가내하가 울었었다. 그로 인해 이러는 것이라 여겼다.

"궁금한 게 있는데, 하아야."

"어머! 하아라고 불렀어."

"하아래."

장권호의 말에 주변이 삽시간에 소란스럽게 변하였다. 장권호의 말이 마치 낭군이 정인을 부르는 말처럼 들렸기에 소녀들은 얼굴까지 붉히며 떠들어댔다.

가내하도 순간 얼굴을 붉혔다. 장권호가 자신을 '하아'라고 부를 줄은 몰랐기 때문이다.

"누가 하아인데? 소궁주라 불러."

스릉!

차가운 표정으로 말을 한 가내하는 화가 났는지 검을 뽑아 들었다.

그 모습에 장권호가 놀란 표정으로 손을 들어 말리려고 했다.

"설마…… 진검으로 하자는 건 아니겠지?"

"흥! 너라면 충분히 상대해줄 거라 생각하는데? 죽이지는 않을 테니 걱정할 필요 없어."

"아무리 그래도 진검은 너무 위험할 것 같은데?"

"걱정하지 마. 상처 한두 개 난다고 해서 죽지는 않으니까. 사내자식이 왜 그렇게 겁이 많아?"

가내하는 아무렇지도 않게 검을 이리저리 휘두르다 장권호를 겨누었다.

"어서 덤벼. 삼초는 양보하지."

"휴우……."

장권호는 가내하의 일방적인 통보에 깊은 한숨을 내쉬곤 정색을 하며 물었다.

"도대체 손님으로 온 나한테 왜 이러는데?"

"몰라서 물어?"

"모르겠어. 내가 무슨 잘못이라도 했어? 오 년 전에 너를 이긴 건 알겠는데…… 그걸로 굳이 이렇게까지 나를 핍박할 필요는 없잖아?"

"네놈이 한 짓을 기억하지 못한다고?"

"모르겠는데……."

장권호가 심각한 표정으로 고개를 끄덕이자 가내하가 어

깨를 떨더니 눈에 살기를 담았다.

"그럼 기억하게 해줄 테니 가만히 있어. 지금 죽여줄 테니까!"

쉭!

가내하의 신형이 마치 허깨비처럼 장권호의 면전 앞으로 다가오며 직선으로 검을 뻗었다.

핑!

바람을 가르는 검의 날카로운 소성 소리가 사방으로 울리며 그녀의 검 끝이 정확하게 장권호의 목을 향했다. 아주 단순한 동작이었지만 장권호는 순간 눈을 부릅뜨며 재빠르게 반보 우측으로 회전하여 몸을 피했다.

그 순간 앞으로 뻗은 것 같은 그녀의 검이 백색 섬광과 함께 팔방을 점하는 여덟 개의 검이 되어 장권호의 전신을 잘랐다.

파팟!

빛이 사라짐과 동시에 어느새 이 장 가까이 떠오른 장권호의 신형이 바람처럼 회전하며 좌측으로 내려섰다. 하지만 완전히 피할 순 없었는지 소맷자락이 반쯤 잘려 너풀거렸다.

장권호는 무척 신경질이 난 듯 잘린 소매를 뜯어버리며 외쳤다.

"기습은 너무하잖아!"

장권호가 억울한 표정으로 소리치자 가내하가 입가에 미

소를 걸며 신형을 돌려 장권호를 정면으로 쳐다보았다.

"피하지 못한 네놈이 바보지."

"그래? 그래서 너도 이런 걸 줬구나?"

슥!

장권호가 오른손에 은색 비녀 하나를 보이자 가내하의 눈이 부릅떠졌다. 자신도 모르게 머리를 만지며 비녀를 찾았지만 손에 잡히는 건 아무것도 없었다.

스르륵!

그녀의 머리카락이 바람결에 흩날리듯 흘러내리자 장권호는 자신도 모르게 표정을 굳혔다. 가내하의 붉어진 얼굴이 순간 여자로 보였기 때문이다.

"감히……! 죽여버리겠어!"

가내하의 눈동자에 빛이 일렁이더니 곧 그녀의 주변으로 차가운 한기가 흘러나왔다.

"돌려줄게."

그 모습에 장권호가 뒤로 반보 물러서며 은비녀를 내밀었다. 하지만 이미 기분이 상할 대로 상한 가내하였기에 오히려 그러한 장권호의 행동이 더욱 자신을 놀리는 것이라 생각했다.

"핫!"

외침과 동시에 날아든 가내하의 검이 백색의 한광과 함께 폭포수처럼 쏟아지듯 장권호를 향했다.

"위험하잖아!"

장권호는 순식간에 뒤로 삼 장이나 이동하였다. 하지만 연기처럼 사라지는 듯하던 가내하의 신형이 어느새 삼 장을 뛰어넘어 장권호의 눈앞에 검빛을 번뜩였다. 마치 삼 장이란 공간을 축지법으로 좁힌 것 같은 기분이 들었다.

장권호가 정말 크게 놀란 듯 입술을 깨물며 자세를 낮게 잡고는 손을 뻗었다.

"……!"

가내하는 자신의 검을 잡으려는 듯한 장권호의 행동에 눈을 부릅떴다. 검에 닿기만 해도 손이 잘릴 게 분명하지만 그렇다고 검을 뒤로 뺄 수도 없었다. 지금 초식을 회수하면 내력이 역류해 크게 내상을 입을 것이고, 재수 없으면 주화입마에 걸릴 수도 있었다.

결국 자신도 모르게 눈을 질끈 감았다.

쾅!

강렬한 폭음과 함께 마치 눈꽃처럼 사방으로 빛이 휘날렸다.

"……!"

가내하는 매우 놀란 표정으로 자신의 검을 잡은 장권호를 쳐다보았다.

"큭!"

장권호는 신음과 함께 가내하의 검신을 잡고 있었다. 강렬한 충격이 손을 타고 전해졌지만 문제가 될 정도는 아니었다.

가내하는 표정을 굳히며 입술을 깨물었다.

"정말…… 이렇게까지 나에게 창피를 주다니……."

자신의 검을 너무 쉽게 잡아버린 장권호의 행동에 그녀로서는 자존심이 상할 수밖에 없었고, 그것은 곧 분노로 이어졌다.

"빙옥공(氷玉功)……."

파팟!

낮은 목소리와 함께 가내하의 검신이 마치 서리가 내린 것처럼 차갑게 변했다. 검신을 잡은 장권호의 오른손 역시 순간 백색으로 변하였다.

"헉!"

장권호는 놀라 뒤로 물러섰다. 극음의 기운이 손을 타고 올라왔기 때문이다. 무엇보다 손에 감각이 없는 것처럼 느껴지자 매우 놀랍다는 표정으로 가내하를 쳐다보았다.

쉬아악!

바람 소리와 함께 그녀의 주변으로 차가운 기운이 쏟아져 나갔다.

땅바닥에 서리가 앉기 시작하자 주변에 서 있던 소녀들 역시 매우 놀란 표정으로 물러섰다.

"이제 봐주지 않아."

슥!

검을 거둔 그녀의 눈동자는 감정이 없는 것처럼 맑고 투명하게 빛나고 있었다. 무심한 얼굴이었고, 차가운 눈동자였다.

아지랑이 같은 기운이 검을 타고 흘러나왔다. 그것은 극음의 한기를 지닌 듯 주변의 공기를 차갑게 식혔다.

막 한 발 나서는 가내하를 본 장권호는 더 이상 적당히 상대할 수 없다는 생각에 반보 앞으로 나섰다.

"그만!"

큰 목소리가 들린 것은 가내하가 천천히 검을 앞으로 내밀고 있을 때였다.

가내하는 그 목소리에 놀라 고개를 돌렸고, 장권호도 시선을 돌렸다.

"이게 무슨 짓이니?"

임아령이 화난 표정으로 다가오며 날카로운 시선으로 둘을 바라보고 있었다.

가내하가 뒤로 한 발 물러섰고, 장권호는 쥐고 있던 주먹을 풀었다.

임아령은 매우 화가 난 표정으로 가내하를 쏘아보면서 말했다.

"본 궁에 온 손님에게 이렇게 무례하다니! 소궁주의 신분으로 누구보다 모범이 되어야 할 네가 이렇게 사리 분별을 못할 줄이야……."

임아령의 말에 가내하는 검집에 검을 넣으며 고개를 숙였다. 그녀의 입은 무언가 말을 하려는 것 같았지만 소리가 되어 나오지는 않았다. 살짝 붉어진 얼굴로 입술만 깨물 뿐이었다.

"궁주님이 오시면 오늘 일에 대해 알릴 터이니 그리 알고 네 방에 가 있거라."

"예……."

가내하는 힘없는 목소리로 대답한 후 잠시 장권호를 노려보다 신형을 돌렸다.

그녀가 그렇게 힘없이 나가자 주변에 서 있던 소녀들 역시 황급히 자리를 피했다.

임아령은 다시 장권호를 보며 말했다.

"너도 네 방으로 가 있거라. 잠시 후에 들르마."

"예."

장권호의 대답에 임아령의 뒤에 서 있던 령과 화가 장권호를 안내하였다.

임아령은 고개를 저으며 깊은 한숨을 내쉬었다. 평소와 다른 가내하의 모습에 아직 어린 애라는 생각이 들었기 때문이다.

금화원으로 돌아온 장권호는 뜨거운 물에 손을 담그고 있었다.

"한여름에 동상 걸리는 줄 알았어요. 원래 백옥궁의 무공은 이렇게 차갑나요?"

수건을 들고 옆에 서 있던 령이 장권호의 물음에 미소를 보이며 고개를 끄덕였다.

"네, 그래요. 차갑게 얼리는 무공이에요. 그런데 장 소협은 얼지 않았네요? 소궁주가 봐준 것인지도 모르겠어요. 그게 아니라면 장 소협의 무공이 대단한 거예요."

령은 말을 하면서 미소를 보였지만 상당히 놀라고 있는 중이었다.

가내하의 빙옥공은 어느새 오성을 넘어 육성에 다다른 상태였다. 보통 주변 삼 장을 모두 얼리는 수준인 것이다.

손에 닿는 모든 걸 얼려버리는 그녀의 빙옥공을 일반 사람이 맞게 되면 그 자리에서 얼어버리고 만다. 한데 그런 빙옥공을 정통으로 맞고도 장권호는 그저 손에 살짝 동상만 입은 정도에 불과하니 놀랄 수밖에 없었다.

령의 설명에 장권호가 인상을 쓰며 말했다.

"그런 위험한 무공을 나한테 쓰다니……. 그 기집애, 역시 봐주지 말았어야 했어. 그때처럼 엉덩이를……!"

순간 말을 하던 장권호의 표정이 굳어졌다. 갑작스럽게 머리를 스치며 예전의 기억이 떠올랐기 때문이다.

"왜 그래요?"

령의 물음에 장권호는 고개를 저었다.

"아무것도 아니에요."

말은 그렇게 했지만 장권호의 표정은 심각하게 변하였다. 가내하에게 자신이 어떤 짓을 했는지 떠오르자 절로 얼굴이 붉어졌다. 비록 아무것도 모르는 어릴 때였지만 그래도 너무했다는 생각이 들었다.

'그때 내가 바지 벗기고 엉덩이 때린 것 때문에 그런 것은 아니겠지? 아니야, 아닐 거야⋯⋯.'

그 당시 가내하의 외침이 귓가를 스쳤다. 마구 울던 그녀는 무슨 일이 있어도 죽일 거라는 말과 함께 이 원한을 영원히 기억할 거라는 말을 했었다.

"이제 좀 나았네요."

물에서 손을 꺼낸 장권호는 령이 내미는 수건으로 물기를 닦은 후 내실로 향했다.

내실에는 화가 옷을 손에 든 채 기다리고 있었다.

"옷을 준비했어요. 이곳에 남자 옷이 없어서 밖에서 주문해 만든 것이에요."

백의를 든 화가 눈웃음을 보이며 옷을 내밀자 장권호는 놀란 표정으로 백의를 쳐다보았다. 보기에도 상당히 고급스럽게 보였기 때문이다.

"그 옷은 벗고 이걸로 갈아입으시라는 임 총관님의 명령이에요."

"감사합니다."

장권호가 고개 숙여 인사하며 옷을 받아들자 그 옆으로 연이 다가왔다.

"저희가 시중을 들게요."

"예?"

"시중을 든다고요."

령은 몹시 놀란 표정으로 자신을 쳐다보는 장권호의 옷깃을 잡았다.

"헉! 저…… 저 혼자 할 수 있어요."

"어머, 부끄러워하기는! 기다려요, 이 누나들이 잘해줄 테니까. 호호호!"

화가 웃으며 장권호의 바지를 잡았고, 령이 상의를 잡아 힘을 주었다.

장권호는 태어나서 지금까지 이렇게 당황한 적이 단 한 번도 없었기에 어찌할 바를 몰라 주저했다.

그때를 놓치지 않고 령과 화의 능숙한 합동 공격이 이어졌다.

"저기!"

*　　　　*　　　　*

깨끗한 백의로 갈아입은 장권호의 모습을 본 임아령은 옷이 날개라는 생각이 들었다. 무엇보다 잘 어울리는 듯해 기분이 좋았다. 자신이 직접 고른 옷이었기 때문이다.

하지만 그러한 마음과 달리 지금은 다른 이야기를 해야 했기에 기분 좋은 표정보다는 조금 무거운 눈동자로 장권호를 바라보았다.

마주 앉은 장권호는 어색한 표정으로 임아령을 바라보다 창밖으로 시선을 던졌다. 그녀와 마주 보는 것이 어떤 이유에서인지 창피했기 때문이다.

"도대체 하아와 싸운 이유가 무엇이니? 하아가 저리 흥분할 아이는 아닌데……. 네가 온 이후로 좀 감정적으로 변했다는 소리를 듣는구나."

"죄송합니다, 괜히 소란만 피우고……."

"알면 왜 그런지 이유를 말해주렴."

임아령의 말에 망설이던 장권호는 짧게 숨을 내쉬고 말했다.

"저도 잘은 모르나…… 아무래도 오 년 전 장백파에 왔을 때 저하고 싸웠던 일 때문에 그런 것 같습니다."

"싸워? 친하게 잘 놀더니…… 싸우기도 했구나?"

"예……."

임아령은 장권호의 대답을 듣고 조금 이해가 안 가는 표정으로 고개를 갸웃거렸다. 아무리 싸웠다고 해도 오 년 전이라면 애들일 때였다. 그때는 한두 번 안 싸우는 게 오히려 이상했을 때이기에 그녀가 생각하기에는 그저 사소한 일일 뿐이었다.

"어떻게 싸웠기에 오 년 전의 일로 하아가 저렇게 원한을 가졌지?"

임아령이 호기심 어린 표정으로 눈을 반짝이자 장권호는 이왕 말한 거 그냥 다 이야기하자는 생각으로 다시 입을 열었다.

"그게…… 한참 잘 지내다 돌아가기 전날 하아가 장백파의 무공을 무시하는 바람에 싸우게 되었습니다. 그때는 너무 화가 난 나머지 저도 모르게 하아를 때렸지요……."

"어릴 때니 그럴 수도 있지."

"그게…… 그냥 때린 게 아니라서요."

장권호가 임아령을 쳐다보며 입술을 훔쳤다. 살짝 말하기 망설여졌기 때문이다.

임아령이 궁금한 표정으로 그런 장권호를 쳐다보며 물었다.

"어떻게 때렸는데?"

"여자를 때릴 수는 없기에…… 엉덩이를…… 좀…….”

장권호의 말에 임아령은 일순 할 말을 잃은 듯 눈을 크게 떴다. 그러다 복잡한 표정을 보이더니 이내 크게 웃었다.

"호호호호!"

상당히 재미있다는 듯 배를 잡고 한바탕 크게 웃은 임아령은 소매로 눈가를 훔치며 말했다.

"그래서 그랬군. 하아가 장백파를 다녀온 이후에 몇 년 동안 잠자는 시간을 제외하곤 수련만 하더구나. 네게 고맙다고 해야겠다. 호호호!"

임아령은 다시 한 번 웃음을 보였다. 그 당시 백옥궁으로 돌아온 가내하는 수련에만 몰두했고, 빙옥공을 육성까지 익히게 되었다. 그 원인이 장권호라는 것에 재미있다는 생각이 들었다.

"아무튼 별일 아니라 다행이다. 난 무슨 큰 원한이라도 있는 줄 알고 상당히 고민했었단다."

"그 일 때문이라면 정말 미안하게 생각하고 있습니다. 사과하고 싶은데…… 쉽지 않네요."

"걱정하지 말거라, 내가 자리를 마련해줄 테니……. 그래, 오늘 저녁은 내 방에서 다 함께 먹도록 하자. 호호."

"그렇게 할게요."

장권호의 대답에 임아령은 안심하며 그의 어깨를 다독였다. 가내하 본인에게는 큰 문제일 수도 있지만 임아령의 입장에선 크게 문제 될 게 없어 보였다.

무공을 겨룬다는 것은 어떻게 보면 자신의 강함을 증명하기 위한 수단이 될 수도 있고, 지금까지 자신이 인내하고 노력해온 것에 대한 보상을 맛보기 위한 일종의 방법일 수도 있다.

그러한 방법에서 만약 패한다면 자신이 노력해온 모든 것이 수포로 돌아가는 허무감과 이루어놓은 탑이 무너지는 듯한 감정을 느끼게 된다.

그게 패배감이었다.

그런 패배감을 어떤 사람은 한 단계 더 밟고 일어서는 방법으로 바꾸는가 하면, 어떤 사람은 수치심과 모멸감에 원한을 가지게 된다.

가내하는 원한을 갖기보다는 그 감정을 이용해 한 단계 더 밟고 일어서려 했다. 패배감을 이기고 다시 찾아올 승리에 취해 자신이 지금까지 노력한 보상을 받고 싶었다.

하지만 그러한 성취감은 쉽게 오는 것이 아니었다.

"믿을 수 없어……."

멍하니 의자에 앉은 가내하는 지금도 자신의 검을 맨손으로 잡은 장권호의 모습을 선명하게 그리고 있었다.

사람이 어떻게 검을 맨손으로 잡을 수 있을까? 아니, 그러한 생각을 한다는 것 자체가 이해할 수 없는 일이었다.

그런데 장권호는 자신의 검을 잡았고, 검기를 머금은 검은 너무나 쉽게 장권호의 손에 잡혀주었다.

"으득!"

자신도 모르게 어금니를 깨문 가내하는 본능적으로 오른 엉덩이를 만졌다. 오 년 전 자신의 오른 엉덩이를 때렸던 장권호였다.

물론 장권호가 싫은 것은 아니었다. 오랜만이라 반가웠고 이런저런 이야기도 나누고 싶었다. 하지만 그의 얼굴을 보는 순간 과거에 자신의 엉덩이를 때렸던 기억이 떠올랐고, 그동안 한 번도 자신을 찾지 않았다는 것에 화가 났다.

그렇기 때문에 싸운 것이지만 끝에는 자신의 실력을 보여주고자 했다.

하지만 그건 뜻대로 되지 않았다.

"나만 노력한 게 아니라는 뜻인가?"

가내하는 빙옥공을 익히기 위해 지난 오랜 시간 동안 끝없이 노력해왔다. 그런데 육성의 빙옥공으로는 장권호의 손도 막을 수 없다는 사실이 너무나 충격이었다. 앞으로 더욱 노력해야 한다는 생각이 들었다.

"소궁주님."

"무슨 일이야?"

시비의 목소리에 고개를 돌리자 시비가 대답했다.

"임 총관께서 부르십니다."

"알았어."

고개를 끄덕인 후 자리에서 일어난 가내하는 빠른 걸음으로 임아령의 거처로 향했다.

"이제 그만 화해해."

둥근 원탁에 셋이 삼각을 이루고 앉아 있었다. 가내하는 싸늘한 시선으로 장권호를 노려보고 있었고, 장권호는 씁쓸한 표정으로 가내하를 쳐다보다 눈이 마주치자 곧 입을 열었다.

"내가 잘못했으니까…… 그만하자. 잘못했다."

장권호의 사과에도 가내하는 여전히 차가운 표정으로 그를 노려보았다.

그 시선이 부담스러운지 장권호가 눈을 피했다.

"하아야, 권호가 이렇게 사과하는데 그만 받아주거라."

"안 돼요."

가내하가 딱 잘라 말하자 임아령이 살짝 아미를 찌푸리다 곧 강한 기도를 발산하기 시작했다.

그녀의 표정이 굳어진 것을 본 가내하가 시선을 피하며 고개를 숙였다.

"나는 네가 성인이라 생각했는데 여전히 어린아이로구나. 권호에게 이야기는 들었다. 오 년 전 네 엉덩이를 때렸다고 하더구나. 깊이 반성한다고 하니 이제 그만 화를 풀거라."

임아령의 말은 부드러웠지만 마지막이라는 듯 상당한 기도로 가내하를 압박하였다.

가내하는 그러한 임아령의 압박에 입술을 깨물다 곧 눈물을 글썽였다. 그러더니 자리에서 벌떡 일어나 외쳤다.

"이 자식이 제 바지를 벗겼단 말이에욧!"

가내하가 거칠게 숨을 몰아쉬며 싸늘한 눈동자로 장권호를 노려보았다. 그 당시의 모멸감이 다시 떠올랐기 때문이다.

장권호는 금방이라도 자신을 공격할 것 같은 가내하의 모습에 놀라 자리에서 일어섰다.

그러한 두 사람의 모습에 임아령이 싸늘한 살기를 보이며 소리쳤다.

"그만!"

가내하가 입술을 질끈 깨물고는 의자에 앉았다. 자신의 입으로 말하고도 창피한지 그녀의 얼굴이 붉게 달아올라 있었다.

"아무래도 우리 권호가 하아를 책임져야 끝날 것 같구나."

"네?"

장권호가 그 말에 놀라 눈을 부릅떴다.

"큰언니!"

가내하도 놀라 임아령을 바라보았다.

"아니, 알몸을 보였다면 당연히 권호에게 시집을 가야지. 지금 네 말은 권호에게 시집을 가겠다는 뜻으로 들리는구나. 아니니?"

"아니에요. 절대 아니에요."

가내하가 강하게 부정하자 임아령이 눈을 빛내며 말했다.

"그럼 이제 그만하거라. 아니면…… 궁주님께 보고해서 권호에게 시집을 보낼 거다."

"그런……."

가내하는 어이없다는 듯 당황한 표정으로 임아령을 바라보다 곧 장권호를 노려보았다.

"이게 다 너 때문이야……."

"하아야…… 그만하자. 이 오빠가 잘못했다."

"권호에게 시집가기 싫다면 이 일은 없었던 것으로 하자. 그럼 둘이 싸울 이유도 없겠지?"

임아령의 말에 가내하가 천천히 고개를 끄덕였다.

"네, 그렇게 할게요. 권호의 사과를 받아들일게요. 앞으로는 이런 일 없을 거예요."

"고맙다. 나도 사실 마음속으로 상당히 미안해하고 있었으니까. 이제는 없었던 일이 됐으니 마음이 좀 편해질 것 같아."

장권호의 말에 가내하가 싸늘한 눈빛을 던지다 곧 고개를 돌렸다.

그 모습에 임아령이 말했다.

"내가 볼 때 우리 하아는 분명 오늘의 일을 후회할 것이야. 나라면 권호에게 시집을 가겠는데…… 호호."

"큰언니!"

가내하가 얼굴을 붉히며 소리치자 임아령은 소매로 입을 가리며 소리 없이 웃었다. 이렇게 당황하는 가내하의 모습을 보는 것도 즐겁다는 생각이 들었다.

*   *   *

가내하는 심통이 났는지 식사를 마치고 임아령의 거처를 나오는 동안 한 번도 장권호를 쳐다보지 않았다.

임아령이 장권호가 머무는 금화원까지 안내해주라는 말을 하였음에도 문을 나서자 손으로 대충 그곳의 위치만 가르쳐 주었다.

"이쪽으로 쭉 갔다가 삼거리가 나오면 우측으로 좀 가면 돼. 거기가 금화원이야. 잘 가."

가내하는 그제야 장권호를 한 번 본 후 고개를 돌리곤 제 갈 길을 갔다.

장권호는 가내하의 설명대로 걸음을 옮겼다.

저녁 시간 때라 그런지 어디에도 사람의 모습은 없었고 높은 담벼락이 좌우로 길게 뻗어 있었다.

한참을 걷던 장권호는 잠시 걸음을 멈추었다. 귓가에 들리는 소리가 발을 잡은 것이다.

쏴아아!

물소리는 하늘에서 떨어지는 것처럼 희미했지만 그 소리에 힘이 담겨 있었다.

'폭포?'

장권호는 그냥 물소리가 아니라 폭포 소리라는 것을 단번에 알아차렸다. 장백산에도 비슷한 소리를 내는 곳이 여러 군데 있었기 때문이다.

　다시 담을 따라 걷던 그는 우측에 문이 열려 있는 것을 발견하였다.

　"백룡원(白龍院)……."

　현판의 이름을 보고 열려 있는 문 안으로 걸어 들어간 장권호는 잠시 걸음을 멈추었다. 눈앞에 거대한 소나무 숲이 펼쳐져 있었고, 나무 사이로 흐르는 바람 속에 스며든 솔잎 향이 코를 자극했다.

　"흐음…… 좋구나."

　가슴이 시원해짐을 느끼며 천천히 길을 따라 걷기 시작했다.

　약 일다경 정도 걸음을 옮기자 폭포 소리가 더욱 크게 들려오기 시작했다.

　소나무 숲이 거의 끝나갈 때쯤 장권호의 눈에 집이 한 채 들어왔다. 집 옆으로 물레방아가 돌아가고 있었고, 그 옆으로 작은 길이 나 있었다.

　마치 한 폭의 그림을 보는 듯한 그 모습에 잠시 걸음을 멈춘 장권호는 폭포 소리에 이끌리듯 집 앞을 지나 작은 오솔길을 따라 걸었다.

　쏴아아!

폭포 소리가 더욱 강하게 들려왔고, 오솔길이 끝나자 작은 호수가 나타났다.

고개를 들어 그리 크지 않은 폭포를 바라보던 장권호는 잠시 깊은 숨을 들이마셨다. 물의 시원한 공기가 폐부를 맑게 해주는 것 같았다.

찰랑!

"……!"

맑은 물소리에 폭포를 보던 장권호는 노을빛에 물든 호수면을 쳐다보았다. 호수의 중앙에 좀 전에는 없던 사람의 모습이 있었다.

하늘을 바라보고 누운 여자의 모습에 놀라 자신도 모르게 뒤로 물러섰다. 반쯤 물 위에 떠 있는 여자의 반라는 장권호에게 충격처럼 다가왔다. 노을빛에 물든 그녀의 모습이 뇌전이 되어 전신을 꿰뚫었다.

슥!

풀을 밟는 소리에 하늘을 바라보던 여자의 눈이 장권호를 향했다. 순간 장권호는 심장이 얼어버릴 것 같은 차가움에 전신이 굳었다.

"누구?"

장권호를 본 그녀는 고개만을 내민 채 그를 쳐다보고 있었다.

차갑고 무심한 그녀의 시선에 장권호는 일순간 입을 열지 못하고 잠시 주춤거렸다.

"이곳은 일반 제자들이 들어올 수 없는 곳인데 들어온 것을 보니 길을 잃은 모양이네."

그녀의 맑은 목소리가 작게 울렸다.

곧 그녀는 조금씩 헤엄쳐 나와 수면 밖으로 천천히 모습을 보였다.

"……!"

장권호는 그녀의 백옥 같은 피부에 저도 모르게 침을 삼켰고, 얼굴은 이미 더 이상 붉어질 수 없을 만큼 뜨겁게 타오르고 있었다.

그는 본능적으로 눈을 감았다.

"……?"

그녀는 장권호의 그런 모습에 고개를 갸웃거리다 손을 뻗었다.

스륵!

바위 위에 놓여 있던 그녀의 옷이 하늘을 날아 천천히 몸에 붙었다.

슥! 슥!

옷을 입는 소리에 눈을 뜬 장권호는 어느새 백색 궁장의를 다 입은 그녀를 바라보았다.

그녀는 차가우면서도 무심한 눈동자로 장권호를 쳐다보다 손을 뻗었다. 장권호는 미처 피하지 못하고 그 손이 얼굴을 만지는 것을 허락했다.

슥!

장권호의 볼을 만지던 그녀는 미소를 보였다. 한없이 순수하고 맑은 미소였다.

"어디 소속이니?"

"저, 저기……."

장권호는 상당히 당황한 표정으로 고개를 숙였다.

"열이 나네? 어디 아픈 거니?"

"죄송합니다."

왜 사과하는지도 모르는 채 고개를 숙인 그는 신형을 돌려 빠르게 달리다 놀란 표정으로 앞을 바라보았다. 언제 날아왔는지 모르게 눈앞에 백의녀가 서 있었다.

그녀는 장권호를 다시 한 번 살피며 물었다.

"왜 그러니? 아픈 것 같은데 약이라도 먹고 가."

슥!

그녀가 말을 하며 한 걸음 다가오자 장권호는 본능적으로 한 발 물러섰다.

그것을 본 그녀는 조금 서운한 표정으로 말을 이었다.

"여기 들어온 지 얼마 안 돼서 나를 잘 모르는 모양이야? 나는 종미미라 해. 앞으로는 종 언니라고 부르면 될 거야."

미소를 보이며 말하는 그녀에게 장권호는 저도 모르게 양손을 저으며 말했다.

"저…… 저는 여자가 아니라 남자예요. 그리고 백옥궁의 사람도 아니고요."

"뭐?"

종미미는 장권호의 말을 잠시 이해하지 못한 듯 고개를 갸웃거렸다. 그러다 그의 목소리가 조금 굵다는 것과 목젖이 조금 나왔다는 것을 인지하고는 안색을 바꾸었다.

종미미의 얼굴 표정이 한없이 차갑게 변하자 당황한 장권호가 얼른 허리를 숙였다.

"저는 장백파의 장권호라고 합니다. 무례를 범해 정말 죄송합니다."

장권호는 급히 사과한 후 고개를 들어 종미미를 쳐다보았지만 그녀의 표정은 변함이 없었다. 종미미의 무색투명한 눈동자에 복잡한 감정이 회오리쳤다.

"남자라고?"

"예."

장권호가 고개를 끄덕이자 종미미는 어깨를 살짝 떨었다. 분노 때문이었다. 다시 장권호를 쳐다보는 그녀의 얼굴에 도저히 믿을 수 없다는 표정이 서려 있었다.

그녀는 지금까지 살면서 남자를 본 적이 거의 없었다. 백옥궁에서 태어난 데다 이곳을 나가는 일 또한 없었고, 백옥궁 자체에 남자가 들어오는 일도 드물었다. 혹 들어온다 해도 보통 외궁에 들어올 뿐, 이곳 내궁의 깊은 곳까지 들어올

순 없었다.

그렇기 때문에 당연히 장권호도 백옥궁의 제자라고 생각했다. 또한 가끔이지만 길을 잃고 찾아오는 어린 제자들도 있었기에 그 역시 그런 제자라고 생각하였다. 그런데 장권호는 너무 충격적인 말만 하고 있었다.

종미미는 매우 당황해 다음 행동을 망설였다. 무엇을 어떻게 해야 할지 머릿속에 떠오르지 않았기 때문이다.

"죄송합니다. 이만 가보겠습니다."

장권호가 다급한 표정으로 말을 하며 걸음을 옮겼다.

그 순간 장권호의 다리에 백색 기운이 감겼다.

"……!"

장권호는 발이 무겁다는 생각에 고개를 돌려 자신의 발을 보다 그곳에 서리가 앉아 있자 매우 놀라운 표정을 보였다.

쩌적!

서리는 곧 얼음이 되어 장권호의 발을 잡았다.

마치 발이 땅에 붙은 것처럼 움직이지 않자 장권호는 내력을 끌어올렸다.

슥!

종미미의 손이 앞으로 뻗어오는 것을 본 장권호의 안색이 변하였다. 자신을 향해 다가오는 손을 바라보면서도 피하지 못할 것 같다는 생각이 들었다. 마치 무언가 무거운 것이 양 어깨를 누르는 것 같은 기분이었다.

팍!

그녀의 손이 가슴에 닿자 장권호는 순간 눈을 부릅떴다.

"큭!"

저절로 신음성이 터져 나오며 전신을 꿰뚫고 벼락이 떨어진 것 같은 충격이 전해졌다.

"왜……?"

장권호가 인상을 찌푸리며 종미미를 쳐다보자 그녀가 본능적으로 말했다.

"남자니까."

종미미는 낮게 중얼거린 후 장권호의 전신에 백색 서리가 완전히 주저앉자 곧 손을 뗐다.

"으…… 으……."

엄청난 추위에 장권호는 전신을 떨었다. 어느새 입술이 퍼렇게 변해 있었다.

그 모습을 본 종미미는 뒤로 물러선 후 잠시 고민하는 표정으로 노을 진 하늘을 바라보았다. 마치 죽일지 살릴지를 고민하는 것처럼 보였다.

"장백파라…… 들어본 것도 같은데……."

귀에 익은 문파의 이름에 그녀는 고개를 갸웃거렸다. 이곳에서 거의 나가본 적이 없는 그녀지만 분명 장백파에 대해 들어본 것 같았다.

순간 강렬한 기운이 종미미의 전신으로 뻗어왔다.

"……!"

종미미는 살짝 눈을 빛내며 백색으로 변한 장권호를 쳐다보았다.

"크으윽!"

신음성을 크게 내뱉은 장권호의 전신에서 붉은 기운이 맴돌더니 삽시간에 종미미의 한기를 몰아내듯 몸을 녹였다.

그 모습을 본 그녀의 입가에 미소가 걸렸다.

"대단해."

종미미가 진심으로 감탄한 표정을 보였다. 자신의 빙백신공(氷白神功)을 짧은 시간에 흡수했기 때문이다.

"나를 죽일 생각이었습니까?"

물에 젖은 듯한 장권호가 강한 적의를 드러내며 주먹을 쥐자 그 강렬함에 종미미는 고개를 저었다. 그리고 여전히 투명한 눈동자로 장권호를 바라보며 말했다.

"죽일 생각이었다면 벌써 죽였어. 사람의 생명은 너무 약해 금방 얼어버리지……. 그런데 너는 아닌 것 같아 기뻐."

슥!

말을 끝낸 종미미의 손이 천천히 다가왔다.

장권호는 같은 수법에 두 번 당할 생각은 없다는 듯 발을 움직였다. 하지만 몸이 천 근처럼 무거워 쉽게 움직일 수가 없었다.

탁!

다시 한 번 종미미의 오른손이 그의 가슴에 닿았다.

"……!"

장권호는 믿을 수 없다는 표정으로 종미미를 쳐다보았다. 분명 손을 피해 움직였는데 유령처럼 그녀의 손이 다시 한 번 가슴에 닿았기 때문이다.

"크윽!"

순간 좀 전처럼 삽시간에 온몸이 얼어버렸고, 전신이 타오르듯 들끓는 기분이 들었다. 무엇보다 온몸을 개미가 물어뜯는 것 같은 고통에 정신을 잃을 것만 같았지만 집중해서 내력을 끌어올렸다.

"크으으윽!"

신음과 함께 장권호의 전신이 붉게 타올랐다.

그의 뜨거운 기운에 종미미는 다시 한 번 눈을 반짝였다. 이토록 강한 열기를 사람이 뿜어낼 수 있다는 게 신기했기 때문이다.

"숨은 잠력이 이리 많다니…… 놀라워."

종미미는 감탄한 표정으로 장권호가 빙백신공의 한기를 흡수하는 모습을 지켜보았다.

얼마 지나지 않아 눈을 뜬 장권호는 좀 전보다 더욱 강한 열기를 띠며 종미미를 바라보았다.

"이제는 저도 가만있지 않겠습니다."

"홋!"

종미미는 강렬한 신광을 내뿜는 장권호의 사내다운 모습에 웃음을 보였다.

이내 장권호가 자세를 잡으며 주먹을 쥐었다.

그의 전신으로 강렬한 투기가 발산되자 종미미는 고개를 끄덕이다 손을 들었다.

"아직은 내 상대가 아니야."

슥!

다시 한 번 그녀의 손이 앞으로 뻗어 나왔다.

장권호는 분쇄공의 힘을 담은 주먹을 종미미의 손으로 뻗었다.

슈악!

주변 공기가 강렬한 바람에 휘날리더니 장권호의 주먹이 종미미의 손을 피해 복부로 향했다.

그때 종미미의 신형이 바람처럼 흔들리며 그의 가슴 앞에 나타나 손을 뻗었다.

"……!"

"귀여워."

턱!

"……!"

장권호의 눈이 부릅떠지더니 전신을 꿰뚫는 강렬한 고통에 온몸을 떨었다.

"네 이름은?"

장권호는 희미해져가는 의식 속에 종미미가 자신을 안아
든 것 같은 느낌을 받았다. 그런데 이상하게도 그녀의 손은
체온이 없는 듯 차갑게 느껴졌다.
　"장권호……."
　종미미의 미소를 바라보며 눈을 감은 장권호의 전신은 얼
음처럼 차갑게 변해 있었다.

제3장

변하다

슥! 슥!

여자는 호롱불빛 아래에 앉아 수를 놓고 있었다. 바늘과 실로 소나무를 그리는 그 손은 백설처럼 희고 고왔으며, 움직임엔 섬세함이 담겨 있었다.

누구보다 아름답고 누구보다 투명한 눈동자의 그녀는 기분이 좋은 듯 입가에 가느다란 미소를 그렸다.

그녀는 잠시 수를 놓던 손을 멈춘 채 고개를 돌려 침상에 누워 있는 장권호의 얼굴을 쳐다보았다.

"풋!"

잠을 자는 모습이 귀여운지 작은 소리로 웃음을 보인 그녀는 손을 움직여 그의 얼굴에 흘러내린 머리카락을 훑어주었다.

그렇게 살며시 장권호의 얼굴을 쓰다듬던 그녀는 곧 손을
떼고 자리에서 일어나 호롱불을 끈 뒤 내실로 나가 빠른 손
놀림으로 내실의 불을 밝혔다.

환한 불빛이 내실을 가득 채우자 의자에 앉아 차를 준비하
는 그녀였다.

"미미야."

곧 내실의 문을 열고 임아령이 나타났고, 그녀의 뒤로 조
금 경직된 표정의 가내하가 따라 들어왔다.

"어서 오세요."

살짝 인사하며 드러난 종미미의 미소에 임아령은 눈을 빛
냈다. 종미미는 얼굴에 감정을 드러내는 사람이 아니란 것을
누구보다 잘 아는 그녀였기 때문이다.

"네가 웃다니, 정말 드문 일이구나……."

임아령이 중얼거리며 의자에 앉자 종미미가 차를 따랐다.

가내하가 그 옆에 앉았고, 종미미도 자리에 앉았다.

"이 늦은 시간에 무슨 일로 오셨나요?"

낮고 차분한 그녀의 목소리에 임아령은 잠시 종미미의 표
정을 이리저리 살폈다. 그녀의 표정은 처음의 미소가 사라져
서 그런지 무심함, 그 자체였다. 하지만 임아령은 그녀의 눈
동자에 불같은 감정이 보인다고 생각했다.

"장백파에서 온 손님이 실종되어서 찾는 중이야."

그녀의 말에 종미미의 눈동자가 살짝 반짝였다.

임아령이 다시 말했다.

"다른 곳은 다 뒤졌는데 없더라고……. 그래서 혹시나 하는 마음에 들렀어. 혹시 모르니?"

"죄송해요, 저 때문에……."

가내하가 풀 죽은 표정으로 고개를 숙이자 종미미가 그런 그녀의 어깨를 어루만져주었다.

"제가 금화원까지 잘 안내했어야 하는데……."

"여기 있으니 걱정 마."

종미미의 말에 임아령은 미소를 보였고, 가내하는 놀란 표정으로 고개를 들었다.

"여기에 있어요?"

종미미가 고개를 끄덕였다.

"자고 있니?"

"네."

임아령의 물음에 종미미는 짧게 대답한 후 차를 한 모금 마셨다.

임아령이 다시 물었다.

"특별한 문제가 있는 것은 아니고?"

"네, 없었어요. 길을 잃은 것뿐이에요."

"길을 잃었다면 네가 알려주었을 텐데 여기서 자고 있다니…… 그 이유가 궁금하구나?"

종미미는 임아령의 물음에 대답하지 않고 그저 무심한 표정으로 그녀를 바라보았다.

"네가 재웠니?"

종미미가 가만히 고개를 끄덕이자 임아령이 매우 놀란 표정으로 다시 말했다.

"죽인 건 아니겠지? 만약 죽었다면 큰 화를 면치 못한다."

"자고 있어요."

종미미의 대답에 임아령은 안도의 숨을 내쉬었다. 종미미의 무공을 누구보다 잘 아는 그녀였다.

"그것보다 남자가 궁에 왔다는 것을 제게 알려주지 않았네요?"

종미미가 조금 서운한 표정으로 말하자 임아령이 미안한 표정으로 입을 열었다.

"조만간 식사를 함께 하려 했다."

"네……."

종미미는 그 말에 고개를 끄덕였다. 서운한 감정이 없지 않아 있었지만 그것을 겉으로 드러내지는 않았다.

"백룡원에서만 시간을 보내지 말고 밖에도 좀 나오세요. 언니를 궁금해하는 사람들이 얼마나 많은데요."

가내하가 서운하다는 듯 말하자 종미미는 고개를 끄덕였다.

"령하고 화를 문밖에 대기시킬 테니 권호가 일어나면 금화원으로 보내."

말을 끝내고 자리에서 일어서는 임아령에게 종미미가 조용히 대답했다.

"싫어요."

"……!"

그 말에 임아령이 신형을 돌려 종미미를 바라보았다. 임아령의 눈썹이 희미하게 떨리고 있었다. 그것은 놀라움이었다.

지금까지 종미미는 그녀의 말에 단 한 번도 거절을 한 적이 없었다. 그런데 오늘 두 번이나 그녀를 놀라게 하고 있었다.

"제가 보내지 않을 거예요."

"무슨 소리니?"

임아령이 놀라운 표정으로 묻자 종미미가 자리에서 일어나며 말했다.

"제 알몸을 보았어요."

"……!"

순간 임아령의 표정이 굳어졌고, 가내하의 눈동자가 커졌다.

"거짓말."

"진짜란다. 나 역시 그이의 알몸을 보았고."

"……!"

가내하가 믿을 수 없다는 듯 종미미의 얼굴을 바라보다 곧 화가 난 표정으로 고개를 숙였다.

임아령 역시 알 수 없는 눈빛으로 잠시 종미미에게 눈길을 주었다 신형을 돌렸다.

"그건 네가 결정할 문제가 아니란다. 자고 있다니 깨우지는 않을 것이나 일어나는 대로 금화원으로 보내거라."

임아령의 말에 종미미는 아무 대답도 하지 않은 채 고개를 숙였다.

"가마."

임아령은 곧 빠른 걸음으로 밖으로 나갔고, 멍한 표정으로 서 있던 가내하도 잠시 내실 쪽을 바라보다 이내 신형을 돌렸다.

"언니……."

가내하가 무언가 말을 하려다 그만두고 빠른 걸음으로 임아령의 뒤를 따라갔다.

종미미는 창밖으로 그녀들의 모습이 완전히 사라지자 방의 불을 껐다. 그리곤 잠시 하늘을 바라보았다.

"호호."

종미미의 입가에 가느다란 미소가 걸렸다.

얼마나 시간이 흘렀을까?

장권호는 흐릿해진 기억을 더듬으며 눈을 뜨려 했다. 하지만 마치 물에 녹은 소금처럼 힘없이 몸이 풀린 것 같았다.

눈을 뜨는 것조차 힘겹게만 느껴져 의식을 차리기 위해 노력했다.

"으음……."

가느다란 신음성과 함께 눈을 뜬 그는 상당히 따스한 기분이 드는 것을 느꼈다.

슥!

가슴 위로 따뜻한 무언가가 지나가자 장권호의 표정이 굳어졌다.

"일어났니?"

바로 옆에서 들리는 달콤한 목소리에 고개를 돌린 장권호는 종미미의 얼굴을 보는 순간 저도 모르게 눈을 부릅떴다.

"헉!"

그는 놀란 표정으로 자리에서 일어났다. 자신이 알몸이란 사실에 다시 한 번 놀라고는 이불을 당겨 하체를 가렸다.

이불이 당겨지자 종미미의 상체를 덮고 있던 이불이 반쯤 내려갔다. 자신의 상체가 드러난 것을 본 그녀의 표정이 미묘하게 변하였다.

"헉! 죄송합니다."

당황하는 장권호의 모습이 재미있는지 종미미는 소리 죽여 웃었다. 그리곤 천천히 일어나 옷을 입었다.

장권호는 반사적으로 고개를 돌렸다.

"제…… 제 옷은?"

장권호의 물음에 종미미는 옷을 마저 다 입고 장권호에게
도 옷을 내밀었다.

"입어."

장권호는 종미미가 내민 옷을 재빨리 받아 바쁘게 입었다.
그 모습을 물끄러미 보던 종미미가 입을 열었다.

"귀여워."

가벼운 그녀의 목소리에 붉어진 얼굴로 신형을 돌린 장권
호는 조금 화난 표정으로 종미미를 바라보았다. 어제의 일이
떠올랐기 때문이다.

"저를 얼렸던 수법의 이름이 무엇입니까?"

"빙한수(氷寒手)."

장권호는 미미하게 고개를 끄덕였다. 백옥궁의 무공 중 빙
한수의 이름은 들어본 적이 없지만 그 무서움을 몸소 체험한
것이나 다름없었다.

어제의 느낌이 다시 한 번 살아나는지 그는 잠시 어깨를
떨었다.

"이제 그만 가보겠습니다. 어제의 무례함은 정말 죄송합니
다. 하지만 충분히 벌을 받았다고 생각하니 더 이상 저를 괴
롭히지 마십시오."

"괴롭힌 게 아니야."

종미미가 조금 서운하다는 표정으로 말했다.

"너를 도와준 거야……. 네 몸속에 남아 있던 잠력을 깨운

것이니 오해하지는 말아줘. 아마…… 운기를 해보면 전보다 몸이 더 좋아졌다는 것을 깨달을 거야."

그 말에 반신하며 찌푸린 표정으로 내력을 끌어올려본 장권호는 전보다 훨씬 강한 기운이 솜털처럼 빠르게 전신으로 솟구치는 듯한 기분을 느꼈다.

"……!"

일순 장권호의 표정이 굳어졌다.

"극음지기엔 저항을 하는 게 보통인데…… 너는 흡수를 했지. 아마 저항했다면 죽었을지도 몰라. 하지만 흡수를 했으니 지금 네 내력은 전보다 배 이상 증가했을 거야."

그녀의 설명에 장권호는 눈을 빛냈다. 그로서는 믿지 못할 말이었기 때문이다.

"그건…… 제가 확인해보겠습니다. 이만 실례하지요."

막 문을 열고 나온 그는 아직 새벽이란 것에 잠시 걸음을 멈추고 소나무 숲을 바라보았다. 하지만 그곳에 령과 화가 서 있자 순간 표정을 굳혔다.

"기다렸어요. 어서 가요."

"죽었다고 생각했는데 다행이네요."

령과 화가 동시에 말한 후 장권호를 금화원으로 안내하였다.

그녀들과 함께 길을 걷던 장권호는 잠시 고개를 돌려 종미미를 찾았다. 이내 창가에 서서 자신을 바라보는 종미미의 눈과 마주치자 저도 모르게 눈동자가 흔들렸다.

'왜……'

그는 그녀의 눈동자가 젖어 있다는 것에 매우 놀라며 심적으로 강한 충격을 받았다.

아침 햇살을 맞으며 정원을 걷던 장권호는 여전히 머릿속에서 떠나지 않는 종미미의 얼굴을 떠올렸다. 그녀의 아름다운 얼굴이 마치 가슴에 박힌 것처럼 느껴졌다. 그저 생각하는 것만으로도 심장이 뛰고 왠지 기분이 좋았다.

그렇게 한참 동안 금화원의 정원을 천천히 한 바퀴 돌고는 이내 서재로 향했다.

금화원의 서재에는 꽤 많은 책들이 있었는데, 대다수가 옛 성인들의 이야기였다.

손에 잡히는 책 한 권을 들고 의자에 앉자 령이 다과를 가지고 들어왔다. 장권호가 서재로 들어간 것을 보고 미리 준비해둔 것이다.

"손자네요."

책의 제목을 본 그녀가 말하자 장권호는 고개를 끄덕였다.

"네. 그냥 한번 보고 싶어서요."

"사내라 병법에 관심이 많으신가 봐요?"

령의 물음에 장권호는 고개를 저었다.

"꼭 그렇지는 않아요. 단지 손에 잡혀서 보는 것뿐이에요."

"아…… 그럼 저는 이만……."

령이 나가려 하자 장권호가 책을 덮으며 말했다.

"저기, 잠시만요."

"예?"

"앉으세요."

장권호의 말에 령은 호기심 가득한 표정으로 그의 맞은편에 앉았다.

"궁금한 게 있어서요."

"궁금한 거요?"

"네. 갑자기 백옥궁에 궁금한 게 생겼네요."

"물어보세요. 제가 아는 한도 내에서 답해드릴게요."

령이 미소를 보이며 장권호를 바라보았다.

"백룡원에 대해서 알고 싶어서요. 백룡원에 계시는 분은 어떤 분이지요?"

령은 장권호의 질문에 잠시 난감한 표정을 보였다. 아무래도 외부인에게 설명할 만한 일은 아닌 것 같았기 때문이다.

"자세하게 설명드릴 수는 없지만 저희 궁주님의 제자분이세요. 첫째 제자가 임 총관님이시고, 그분이 둘째 제자세요. 저도 자세히는 모르지만 궁에서 태어나 지금까지 이곳에서만 지내신 걸로 알고 있어요. 더욱이 백룡원을 나오는 일도 거의 없다고 들었어요."

"그렇군요."

장권호는 그 말에 조금 놀란 표정을 보였다. 궁에서 한 번도 나간 적이 없다는 말 때문이었다.

령이 다시 말했다.

"저도 얼굴을 본 적이 거의 없어요."

"네."

장권호의 대답에 연은 자리에서 일어나 곧 밖으로 나갔다.

"한 번도 나간 적이 없다라……."

장권호는 가슴이 답답해지는 것을 느꼈다. 이런 기분을 느낀 것은 처음이었다.

저녁이 되자 어제 일에 대해 사과하려는 듯 가내하가 찾아왔다.

그녀와 마주 앉은 장권호는 그저 반갑게 가내하를 맞아주었다.

"어제 일은 정말 미안해."

"아니야. 그것으로 네 기분이 좀 풀렸다면 차라리 나에게는 잘된 일이지."

"별소리를……."

가내하는 장권호의 말에 여전히 퉁명스럽게 대답했다. 하지만 장권호는 그녀가 찾아온 것이 오히려 다행이라는 듯 물었다.

"궁금한 게 있는데?"

"뭔데?"

"다른 게 아니라, 네 종 사저에 대해서 물어보려고."

종미미에 대해 묻겠다는 말에 가내하가 차갑게 변한 표정으로 장권호를 바라보았다.

"종 언니에 대해서 물을 거라면 대답하기 곤란한데."

곤란하다는 가내하의 말에도 장권호는 신경 쓰지 않고 물었다.

"몇 살이야?"

"열아홉."

"흠……."

장권호가 그 대답에 고개를 끄덕이자 가내하가 눈을 반짝이며 물었다.

"관심 있구나? 그렇지?"

직설적인 가내하의 물음에 장권호는 묵묵히 고개를 끄덕였다.

그녀의 표정이 다시 한 번 굳어졌다.

"미인이잖아."

당연하다는 장권호의 대답에 가내하는 조금 화난 얼굴로 자리에서 일어섰다.

"이만 가볼게. 나는 분명히 사과했다."

"그래, 잘 들어가."

"쳇!"

가내하가 잠시 장권호를 노려보다 밖으로 걸어 나갔다.

그녀가 나가자 장권호는 잠시 창밖을 바라보았다. 가내하의 뒷모습이 눈에 들어왔으나 곧 그녀의 모습이 종미미와 겹쳐 보였다. 그게 어떤 감정인지 그가 모를 리 없었다.

* * *

하루가 이렇게 무료하기는 처음이었다. 지금까지 살면서 삶에 큰 미련을 두지 않았기 때문에 그저 흘러가는 시간에 몸을 맡길 뿐이었다.

무공 수련은 심심함을 달래기 위한 하나의 방법이었고, 자신이 살아 있다는 것을 느끼게 해주는 공기와도 같았다.

그런데 오늘은 수련도 안 했고 수를 놓지도 않았다. 그저 창가에 기대앉아 해가 움직이는 모습만 바라보았다. 시간이 지날수록 변화하는 그림자의 모습을 따라 시선을 움직이는 게 오늘 한 일의 전부였다.

'어제는 재미있었지.'

종미미는 어제 일을 떠올리며 가볍게 미소 지었다.

해가 저물고 어둠이 찾아오자 창가에서 내려온 그녀는 방에 불을 밝히고 의자에 앉아 눈을 감았다.

장권호로 인해 복잡하게 얽혔던 머릿속이 어느 순간 맑아지더니 곧 백색 눈꽃이 그녀의 머릿속으로 날아들었다.

"언니."

귀여운 목소리와 함께 가내하가 들어왔다.

가내하는 조용히 눈을 감고 의자에 앉아 있는 종미미의 얼굴을 보곤 소리 없이 의자를 당겨 마주 앉았다. 그녀의 기도가 차갑게 방 안을 가득 채우고 있는 데다 상당히 안정된 호흡 소리가 들리는 것이, 잠시 명상에 잠겨 있는 듯했다.

"무슨 일이니?"

얼마 지나지 않아 천천히 눈을 뜬 종미미가 가내하를 반기며 물었다.

이곳에 오는 손님 중에 가장 자주 오는 손님이 있다면 아마 가내하일 것이다. 그렇기 때문에 다른 사람들보다 가내하와 더 친했다.

"아니에요, 아무것도⋯⋯."

가내하는 조용히 눈을 감고 있는 종미미의 모습에 왠지 자신이 작게 느껴졌다. 아무것도 부러울 게 없고 아무것도 꺼릴 것 없는 자신이었지만 종미미 앞에서는 자꾸만 작아지는 것 같은 기분이 들었다.

"어제 일 때문에 그러니?"

종미미의 물음에 가내하가 고개를 들었다.

가내하의 눈동자에 비친 수많은 호기심을 읽은 종미미가 천천히 말했다.

"별일 없었어. 정말이야."

종미미의 말에 가내하는 뭔가 목구멍으로 올라오는 것 같아 참지 못하고 말했다.

"좀 전에 권호를 만나고 왔어요."

"그래?"

장권호를 거론하자 종미미가 흥미 있다는 표정을 보였다.

"권호가 무슨 말이라도 했니?"

"그냥 언니가 몇 살인지만 물었어요. 그래서 솔직하게 대답했구요."

"그랬구나……."

나이를 말했다는 것에 종미미는 조금 실망한 표정을 보였다. 자신이 장권호에게 누나일 것이 분명했기 때문이다.

"그런데 그 녀석이 다른 사람에게 그렇게 흥미를 보이는 것은 처음이라 조금 놀랐어요. 나한테는 관심도 없더니."

조금 부럽다는 듯 중얼거린 가내하가 다시 종미미를 향해 물었다.

"그런데 정말 아무 일도 없었어요?"

"응, 정말이야."

"아무리 그래도…… 어제 언니의 말과 행동은 이상했어요. 분명…… 무슨 일이 있었던 것 같았어요. 더욱이…… 알, 알몸을 봤다니……."

가내하가 얼굴을 붉히며 기어들어가는 목소리로 중얼거리

자 종미미는 손을 뻗어 그녀의 어깨를 쓰다듬었다. 직감으로 가내하가 장권호를 좋아하고 있음을 안 것이다.

이럴 때는 무슨 말을 해야 할까?

종미미는 처음으로 접해보는 감정의 소용돌이에 잠시 당황했으나 곧 아무렇지 않은 듯 입을 열었다.

"우리 하아가 그 사람을 정말 좋아하는구나?"

"네? 아니에요! 절대!"

가내하가 고개를 마구 저으며 강하게 부정하자 종미미가 다시 말했다.

"정말이니? 이렇게 토라진 하아를 보는 것은 처음인데도?"

"그건…… 그놈이에요. 전에 말한…… 나를 처음으로 이긴 남자……."

가내하의 말에 종미미는 고개를 끄덕였다. 예상하고 있었기 때문이다. 예전에 가내하가 찾아와 무공에 대한 상담을 할 때 자신을 이긴 남자에 대해서 이야기해주었고, 그 남자를 좋아하고 있다는 것도 그때 알았다.

"정말 아무 일도 없었어. 잠시 쉬었다 간 것뿐이야."

"그런데 왜…… 큰언니의 말을 부정하셨어요? 그런 언니의 모습 처음이에요. 그게…… 마음에 걸려요."

"그건……."

장권호를 돌려보내지 않겠다던 자신의 모습을 가내하도

보았기에 종미미는 잠시 망설였다. 어떻게 말을 해야 할지 몰랐기 때문이다. 감정 표현에 서툰 그녀였다.

"저…… 지금까지 살면서 원하는 것은 다 손에 넣었어요."

종미미는 가내하의 말에 고개를 끄덕였다.

가내하가 다시 말을 이었다.

"노력할 거예요, 그놈이 나를 볼 때까지……. 무공 수련도 게을리 하지 않을 거예요, 언니를 능가할 때까지……. 그러니 마음 놓지 마세요."

"그래……."

가내하는 잠시 그렇게 종미미를 바라보다 자리에서 일어나 밖으로 걸어 나갔다.

그녀가 나가자 종미미는 소리 없이 숨을 내쉬곤 자리에서 일어섰다.

머릿속이 복잡하게 헝클어진 기분이었다.

쌀 한 줌.

종미미에게 있어서 한 끼 식사로는 충분한 양이었다.

쌀을 씻고 밥을 한 그녀는 새벽의 검푸른 하늘을 바라보았다. 새벽 공기가 무척 시원했다.

시원한 공기를 마시며 간단한 소채와 밥을 먹은 그녀는 그릇을 씻었다. 이곳은 그녀를 도와 일을 해줄 시비 한 명 없는 곳이었기에 모든 것을 그녀 스스로 해결해야 했다.

물론 그녀가 원하면 시비가 붙을 수도 있지만 그녀는 그것을 바라지 않았다. 시비가 없어도 생활하는 데 아무런 문제가 없었기 때문이다.

　그릇을 다 씻은 그녀는 찻주전자에 뜨거운 물을 담아 내실로 들어왔다. 뜨거운 철관음이 마음을 녹이는 것 같았다. 식사를 한 이후에 이렇게 차 한 잔을 마시는 시간은 그녀에게 있어 가장 즐겁고 마음이 편해지는 시간이었다.

　차를 마시며 창밖으로 보이는 세상이 계절에 따라 변하는 것을 감상하는 게 그녀가 하는 가장 사치스러운 시간 낭비였다.

　즐겁다고 하지만 진정 즐거울까? 사람과의 만남도 없고, 대화를 나눌 친구조차 없는 곳에서 그녀는 홀로 살고 있었다.

　탁!

　찻잔을 내려놓은 그녀는 다시 한 번 차를 찻잔에 따랐다.

　또르륵!

　찻물이 찻잔에 부딪히는 맑은 소리만이 방 안에 울렸다.

　깊은 정적 속에서 그녀는 다시 찻잔을 들었다. 시원한 바람이 창을 통해 전해지자 기분이 좋아졌다.

　문득 그녀의 눈동자가 흔들렸다. 소나무 사이로 보이는 사람 때문이었다. 그 사람과 눈이 마주치는 순간 그의 모습이 창가에 어른거렸다.

"뭐하세요?"

장권호가 창문 앞에 서서 물었다.

그의 갑작스러운 등장에 매우 놀란 것일까? 종미미는 잠시 입을 열지 못하고 여전히 투명한 눈동자로 장권호를 바라보았다. 너무나 급작스러운 그의 방문 때문인지 천천히 방 안으로 들어오는 장권호에게서 시선을 놓지 못하였다.

방 안으로 들어온 장권호는 물끄러미 자신을 보는 종미미를 향해 다가갔다.

"우리 나가요."

"어?"

종미미는 장권호의 갑작스러운 말에 잠시 당황했다.

순간 장권호가 손을 뻗어오자 피하려 했으나 왠지 모르게 몸이 움직이지 않았다. 그의 손에 살기가 없었기 때문에 더욱 그러했는지도 모른다.

슥!

"가요."

장권호는 다른 말을 하지 않은 채 종미미의 팔을 힘주어 당겼다. 이내 종미미가 그 힘을 이기지 못하고 자리에서 일어섰다.

그런 종미미를 다시 한 번 힘 있게 당긴 그는 밖으로 나갔다.

"저기……."

"그냥 아무 말도 하지 말고 따라오세요. 궁 밖으로 나간 적이 한 번도 없다면서요? 이참에 한번 나가봐요."

장권호는 잠시 종미미를 보더니 다시 앞을 바라보며 빠르게 말했다. 절대 그녀를 놓치지 않겠다는 듯 그의 손엔 잔뜩 힘이 들어가 있었다.

종미미는 내력을 일으켜 그의 손을 뺄 수도 있었지만 자신도 모르는 무언가가 자신의 내력을 막고 있는 듯했다.

타닥!

백룡원을 나선 장권호는 본능적으로 멈춰 선 종미미로 인해 잠시 걸음을 멈추었다.

그녀는 문 앞에서 걸음을 멈춘 채 장권호를 바라보았다.

"이 문밖으로 나가면…… 나는…… 나 스스로에게 한 약속을 어기게 돼."

종미미의 말에 장권호가 슬쩍 미소를 보이며 말했다.

"그까짓 약속 좀 어기면 어때요? 거기다 이렇게 좁은 곳에서만 살아야 할 이유도 없어요."

장권호는 그렇게 말하며 손을 당겼다. 그러자 종미미가 조금 망설이는 표정으로 장권호를 바라보다 입을 열었다.

"책임질 수 있어?"

장권호는 그 말의 의미를 굳이 떠올리지도 않았고 생각하지도 않았다. 지금 중요한 건 종미미를 궁 밖으로 데리고 나가는 것이었기 때문이다.

"물론이에요."

장권호가 당연하다는 표정으로 고개를 끄덕이며 손을 당기자 그제야 종미미의 입술에 작은 미소가 담겼다.

타닥!

두 사람의 그림자가 빠르게 길을 따라 움직였다.

"경비네요."

장권호는 앞으로 달리다 외궁과 내궁 사이의 문을 지키는 여제자들을 보곤 종미미에게 말했다.

"무공은 이럴 때 써야죠?"

휙!

장권호의 신형이 땅을 차며 경공을 발휘하자 종미미도 따라서 경공을 발휘했다.

둘의 신형이 빠르게 담을 넘어 외궁으로 사라지는 것을 본 경비무사들의 눈이 부릅떠졌다.

"앗!"

"어서 알려!"

무사들이 큰 소리로 외치며 문을 나와 장권호와 종미미를 쫓았다.

"멈추세요!"

땡! 땡! 땡!

커다란 외침과 요란한 종소리가 울린 것은 거의 동시였다.

휘릭!

장권호와 그의 손을 잡은 종미미의 신형이 마치 하나처럼 지붕을 넘어 달렸다.

　종미미는 자신을 따라 움직이는 백옥궁의 제자들을 보며 저도 모르게 얼굴을 붉히다 미소 지었다. 재미있었기 때문이다.

　"쫓아라!"

　"밖으로 못 나가게 해!"

　외침성이 터지며 많은 여제자들이 몰려들기 시작할 때 대웅전의 지붕을 밟고 연무장으로 뛰어내린 장권호와 종미미는 망설이지 않고 백옥궁의 커다란 정문을 넘었다.

　휘리릭!

　두 사람의 그림자가 삼 장여의 높이를 너무도 손쉽게 넘어가자 제자들은 감탄사를 연발하였다.

　곧 문을 열고 백옥궁의 여제자들이 일제히 밖으로 쏟아져 나갔다.

　"뭐!"

　임아령은 제자의 보고에 놀라 자리에서 일어섰다.

　"미미가 권호와 함께 밖으로 나갔다고?"

　"예. 그것도 손을 잡고⋯⋯."

　여제자가 부끄럽다는 듯이 얼굴까지 붉히며 말했다.

　순간 이마에 주름을 그리다 깊은 한숨을 내쉬며 고개를 저은 임아령은 다시 자리에 앉았다.

"돌아올 테니 그냥 두거라."

"예? 하지만 소란이라도 일어나면……."

"권호가 함께 있으니 큰 문제는 없겠지. 그냥 둬……. 배고
프면 들어오겠지."

"잡아야 하지 않을까요?"

"잡을 수 있느냐?"

임아령의 말에 여제자는 입을 열지 못하였다. 종미미의 무
공을 잘 알기 때문이다.

"돌아오면 보고해."

"예."

임아령은 대답과 함께 밖으로 나가는 여제자를 보곤 자리
에서 일어나 외출복으로 갈아입었다. 혹시 모를 일에 대비하
기 위해서였다.

"하하하!"

마을 한가운데 많은 사람들 사이에 멈춰 선 장권호는 고개
를 돌려 따라오는 백옥궁의 무사들을 바라보다 종미미에게
시선을 던졌다. 종미미는 숨 한 번 고르지 않은 채 웃음을 보
이고 있었다.

"이렇게 마음껏 뛰어보기는 처음이야. 호호!"

그녀가 웃자 장권호도 웃었다.

"어서 가요."

"어디로 가는 건데?"

"그냥 가요."

장권호는 여전히 종미미의 손을 잡은 채 사람들 사이로 달려 나갔고, 종미미도 그런 장권호의 손을 뿌리치지 않고 따랐다.

많은 사람들이 두 사람을 바라보았지만 두 사람은 개의치 않았다.

길을 따라 달리던 장권호는 주루 옆에 말이 한 마리 묶여 있자 재빨리 말고삐를 풀었다.

"워! 워! 타요!"

먼저 타라고 종미미의 손을 당긴 그는 그녀를 태운 뒤 자신도 뒤에 올라탔다.

"말은 처음이에요?"

"응? 아니…… 두 번째?"

"그럼 가만히 계세요."

말고삐를 잡은 장권호가 말 엉덩이를 차며 앞으로 내달렸다.

"이랴!"

두두두!

말이 대로의 한가운데를 질주하자 그 뒤로 달려오던 백옥궁의 무사들이 걸음을 멈추었다. 그녀들은 장권호가 마을 밖으로 질주하는 모습을 바라보다 이내 발을 돌렸다.

두두두!

달리는 말에 몸을 맡긴 종미미는 주변 사물이 스쳐가는 모습과 온몸을 스치는 바람에 가슴이 뚫리는 것 같았다.

한참을 달리던 말은 넓은 평원에 도달하자 잠시 멈춰 섰다.

장권호는 먼저 말에서 내린 뒤 손을 내밀어 종미미를 내리게 하고는 다시 그녀의 손을 잡았다.

"이렇게 나와 보니 어때요?"

"좋아."

종미미가 웃음을 보였다.

웃고 있는 종미미의 얼굴을 바라보던 장권호가 말했다.

"확실히 웃고 있는 게 어울려요."

장권호의 말에 얼굴이 붉어지는 종미미였다.

"앉을까요?"

"그래."

종미미가 먼저 앉자 그 옆에 앉은 장권호는 그대로 팔짱을 낀 채 자리에 누웠다.

시원한 바람이 천천히 불어오고 있었고, 하늘에는 해를 가린 구름이 흘러가고 있었다. 구름은 장권호의 머리 위로 그늘을 만들어주었다.

"앞으로는 미미라고 불러."

"네? 하지만 어떻게 그래요."

"상관없어."

장권호를 보는 종미미의 눈은 웃고 있었다.

장권호는 그녀의 얼굴과 옆으로 흘러내린 긴 흑발이 하늘거리는 모습을 눈에 담았다.

"미미……."

장권호의 낮은 목소리에 종미미는 고개를 끄덕였다.

장권호가 얼굴을 붉히며 다시 말했다.

"아직은 좀 어려워요. 그냥 종 누나라고 하죠."

"지금은 어렵니?"

"네."

"귀여워."

종미미가 손을 뻗어 장권호의 머리를 쓰다듬었다.

장권호는 그녀의 손이 얼음처럼 차가웠던 전과는 달리 따뜻한 체온을 가지고 있다는 것을 알고 궁금한 표정으로 물었다.

"그런데 종 누나는 백룡원에서만 사는 거예요?"

종미미는 그 물음에 잠시 생각하는 표정을 보이더니 고개를 끄덕였다.

"왜요?"

장권호가 호기심 어린 표정으로 바라보자 종미미는 잠시

고민하다 입을 열었다.

"나 자신을 스스로 절제할 수 없기 때문이야."

"절제라……."

장권호는 그 말이 무엇을 의미하는지 곰곰이 생각했다. 하지만 딱히 떠오르는 게 없었다.

그런 장권호의 표정을 읽은 종미미가 다시 말했다.

"절제를 못하는 건…… 무공이야."

"무공이요? 아니, 무공을 절제할 수 없다니…… 이해할 수가 없네요. 거기다 무공을 절제할 이유가 있나요?"

장권호의 물음에 종미미는 미소를 보이며 고개를 끄덕이곤 다시 말했다.

"내가 익힌 무공은 마공(魔功)이야."

"마공!"

장권호가 안색을 바꾸자 종미미가 이어서 말했다.

"아니, 백옥궁의 모든 무공이 마공일지도 모르지……."

"그건 왜 그렇죠?"

"세상은 음과 양으로 이루어져 있는데, 내가 익힌 무공은 극음지기를 기반으로 하는 무공이야. 어느 한쪽으로 너무 치우쳐서 가끔 나도 모르게 절제를 못할 때가 있어. 파괴의 충동을 이기지 못하기 때문에 스스로 백룡원에서 나오려 하지 않는 거야."

장권호는 뜻밖의 말에 상당히 놀란 표정을 보였다. 종미미

처럼 아름다운 여성의 입에서 나온 말이라고는 도무지 믿을
수가 없었다.

　또한 마공이라면 그 특징이라 할 수 있는 혼탁한 기운이
느껴져야 했다. 하지만 종미미에게서 느껴지는 기운은 차갑
긴 해도 맑고 투명한 기운이었다.

　"사고를 친 적이 있었어……. 빙백신공을 수련하다 나도
모르게 사람을 죽였었지. 꽤 많은 사람이 죽었어……. 그때
이후로 백룡원에 들어가 나오지 않은 거야."

　말을 하는 종미미의 눈동자가 흔들리고 있었다. 상당히 아
픈 기억인 듯 표정 또한 어두웠다.

　장권호는 괜히 쓸데없는 질문을 했다고 생각했다. 하지만
알아두는 것도 나쁘지는 않을 것 같았다.

　"그런 여자야, 나는……."

　종미미가 장권호에게 시선을 던지며 미소를 보였다.

　장권호는 그런 종미미를 향해 마주 웃어 보이며 말했다.

　"사람은 누구나 죽어요……. 비록 누나의 실수라고는 하지
만 언젠간 죽기 마련이에요."

　장권호의 말에 종미미는 미미하게 고개를 끄덕였다. 틀린
말은 아니었기 때문이다.

　"밥 먹으러 가요."

　"밥?"

　"배 안 고파요? 저는 배고픈데. 벌써 해가 중천이에요."

장권호가 배를 만지며 일어나자 종미미는 하늘을 한번 바라보았다.

　그사이 장권호는 한쪽에서 풀을 뜯던 말을 데려왔다.

　"내가 뒤에 탈게."

　"알았어요."

　먼저 말에 올라탄 장권호가 손을 내밀어 종미미의 손을 잡았다.

　"넌 정말 재미있는 아이야."

　"누나는 예뻐요."

　"훗!"

　종미미의 표정이 평소와는 달리 살아 있는 것처럼 보였다.

　곧 뒤에 탄 그녀는 장권호의 허리를 강하게 안았다.

　"기분 좋다."

　"가끔 이렇게 나올까요?"

　"좋아."

　종미미가 고개를 끄덕이자 장권호는 등에서 느껴지는 따스함에 미소 지었다.

　말 엉덩이를 힘껏 때린 그는 평원을 질주하는 말에 몸을 맡기고 등 뒤로 느껴지는 온기에 눈을 감았다. 종미미의 심장 소리가 느껴졌다.

　"누나는 역시 사람이었어요."

　"사람?"

"네. 누나의 심장 소리가 들려요."

　장권호의 목소리가 바람에 실려오자 종미미는 얼굴을 붉혔다.

제4장

어른이 된 이후

　꿈을 꾼 듯 잠에서 깨어난 장권호는 자리에서 일어나 옆에 놓인 차를 마셨다. 어두운 창 너머로 풀벌레 우는 소리가 크게 들려왔다.

　"휴우……."

　절로 깊은 숨을 내쉰 그는 다시 한 번 차를 마신 후 침상에 앉았다. 푹신한 느낌과 함께 고급스러운 요가 눈에 들어왔다.

　"적응하기가 힘든데……."

　장권호는 씁쓸히 웃었다. 전에 풍운회에 왔을 때와 달리 지금은 자신을 귀빈 대하듯 대해주었다. 지금 머무는 이곳 역시 풍운회에서도 귀빈에게만 내어준다는 곳이었다.

자리에서 일어선 그는 씻기 위해 욕실로 향했다.

이른 아침부터 손님이 찾아왔다. 이곳 풍운회에서 아는 사람이라고 해봐야 양초랑이 다였고, 찾아온 손님 역시 예상처럼 양초랑이었다. 그는 막 정원을 산책하려던 장권호의 발을 멈추게 했다.

"잠은 잘 잤나?"

웃으며 들어오는 그의 모습에 장권호가 고개를 끄덕이며 천천히 걸음을 옮기자 양초랑이 옆으로 다가와 보폭을 같이 했다.

"풍운회에서 일한다고 하더니 취직이 잘된 모양이야?"

장권호의 말에 양초랑이 살짝 인상을 찌푸리며 말했다.

"취직은 잘된 거 같은데 말이야…… 도통 할 게 없어. 풍운회주의 여동생을 호위하는 게 내 일인데 하루 종일 먼 산만 바라보는 게 다라니까. 밖에 나가야 나도 좀 긴장하면서 호위할 텐데……."

재미없다는 듯 그가 말하자 장권호는 선선히 고개를 끄덕였다. 자신이 생각해도 재미없어 보였기 때문이다.

양초랑이 표정을 풀며 다시 말했다.

"그래도 한 가지는 좋네."

"무엇인가?"

"미인을 옆에서 본다는 것 정도? 하하하! 조 소저가 워낙에 뛰어난 미인이라…… 사실 부러움도 사고 있네. 후후."

양초랑은 자랑스럽게 말하며 가슴을 내밀었다. 자신을 부러워하는 남자들의 시선이 떠올랐기 때문이다.

"그거 좋은 일이군."

장권호도 부럽다는 듯 대답하자 양초랑이 기분 좋은 표정으로 말했다.

"그게 아니었으면 벌써 때려치웠을 거야. 그런데 귀문주는 어땠나?"

정말 궁금한 것은 따로 있다는 듯 양초랑이 물었다.

"강한 사람이지."

"음…… 그게 다인가?"

"그래."

장권호는 짧게 대답했다.

양초랑은 실망한 표정으로 장권호의 옆얼굴을 보다 걸음을 멈추었다.

"보통 사람은 말이야, 자신의 위대함을 남에게 알리기 위해 대단히 노력하네. 내가 귀문주를 죽였다면 나는 만천하에 떠벌리고 다닐 거야. 어떻게 죽이고 어떤 무공으로 그 목을 쳤는지 말이야……. 그런데 자네는 고작 그게 다인가?"

"무공이 알고 싶은 거였나?"

"뭐…… 그렇지."

궁금한 듯 양초랑이 고개를 끄덕이자 장권호가 살짝 미소를 보이며 말했다.

"지금까지 내가 만난 사람 중에 가장 강한 인물이었네."

장권호의 대답에 양초랑은 그럴 줄 알았다는 듯 손을 저으며 다가왔다.

"뭐…… 그렇겠지. 아무튼 자네 덕분에 내 기분이 다 후련해. 고맙네."

진심 어린 양초랑의 말에 장권호는 그의 어깨를 다독여주었다. 그리곤 신형을 돌려 다시 산책로를 걷기 시작했다.

그 옆으로 따라붙은 양초랑이 미미하게 입술을 움직였다.

"감시가 있네."

그의 낮은 목소리에 장권호는 조용히 입을 열었다.

"집 안에 있을 때를 제외하곤 늘 있어."

"알고 있었군."

"훗!"

장권호가 슬쩍 미소를 보였다.

양초랑은 자신도 눈치챌 정도로 접근한 감시자의 아둔함에 혀를 차며 말했다.

"풍운회라고 해서 모두 네 편이라고 볼 수는 없을 거야."

"그래?"

"귀문주를 죽인 것은 풍운회의 입장에서 볼 때 굉장한 성과지만 그것뿐이야. 내심 자네가 죽인 것에 대해 불만이 있을 것이네."

장권호는 그 말에 대답하지 않았다.

"나름대로 조사를 해봤지만 특별한 소득은 없었네. 단지 의심 가는 게 있다면 장백파의 일을 사람들이 거의 모른다는 점이야. 소문이 차단되었다고 할까?"

"나를 위해주는 것은 좋으나 그것 때문에 네가 다치는 건 바라지 않아."

"그 점은 염려 마. 잘 처신하고 있으니."

양초랑은 조금 큰 소리로 다시 말했다.

"오늘 할 일이 없다면 나하고 술이나 한잔하세."

"그러지."

장권호의 대답에 양초랑은 미소를 보인 후 신형을 돌렸다.

양초랑이 손을 흔들며 사라지자 장권호는 다시 걷기 시작했다. 아직 정원의 절반밖에 걷지 못했기 때문이다.

식사를 준비한 시비들은 모두 무공을 모르는 이십 대 초중반의 여자들이었다. 하지만 그녀들조차 장권호의 감시라고 할 수 있었다.

장권호의 일거수일투족(一擧手一投足)은 모두 총관인 자청운에게 보고되었다. 그만큼 장권호에게 신경을 쓰고 있는 것이다.

오전 중에 다녀간 양초랑에 대한 보고도 이미 올라온 상태였다. 그들의 대화까지 알 수는 없지만 양초랑이 장권호와

친밀한 관계라는 것은 다시 한 번 확인할 수 있었다.

또한 장권호의 소문으로 인해 풍운회의 공기가 상당히 들떠 있는 듯 보였다. 장권호를 만나고 싶어 하는 사람들도 많았으나 자청운은 일부러 그들의 발을 잡았다. 그를 따르는 사람이 많으면 많을수록 풍운회의 입장에선 좋지 않았기 때문이다.

더욱이 그는 풍운회에 들어올 사람이 절대 아니었다. 그것을 잘 알기에 손님으로 대해주었고, 조만간 떠나기를 바랐다.

"현무당주입니다."

문밖에서 들리는 목소리에 자청운은 생각을 접으며 고개를 들었다.

"들어오게."

자청운의 목소리가 울리자 이십 대 후반에 백의를 입은 장무위가 문을 열고 들어와 그의 앞에 앉았다.

자청운이 먼저 입을 열었다.

"귀문에 대한 토벌을 단행할 모양이야."

"예."

이미 예상한 일이었기 때문에 장무위는 별로 놀라지 않았다. 귀문주가 죽은 지금이 귀문을 압박할 수 있는 절호의 기회였기 때문이다.

"자네의 현무당은 따로 해야 할 일이 있네."

"어떤 것입니까?"

"죽은 귀문주의 여식인 추소령을 데려오게."

"예."

장무위는 고민도 없이 대답했다.

자청운은 장무위의 그런 점을 좋아했다. 장무위는 한번 명령을 내리면 절대 토를 다는 성격이 아니었다. 또한 지금까지 단 한 번도 임무를 실패한 적이 없었다.

그만큼 이번 일이 중요했기 때문에 사대당주 중 가장 믿을 수 있는 장무위에게 추소령의 납치를 맡긴 것이다.

"저희 현무당은 준비가 끝나는 대로 바로 나가겠습니다."

"저녁 작전 회의에는 빠지겠다는 것인가?"

"예. 특별한 일이 있으면 연락 주십시오."

"알겠네. 회주님과 장로님들은 추소령의 존재가 귀문에 있어 상당히 도움이 될 거라 여기시네."

"알겠습니다."

자청운이 이번 임무의 중요성을 말하자 장무위는 선선히 고개를 끄덕였다. 그리곤 차를 한 잔 마시더니 자리에서 일어섰다.

"그럼."

장무위가 인사 후 밖으로 나가자 자청운은 만족한 표정을 보였다. 그만큼 장무위를 신뢰하기 때문이다.

'문제는 장권호로군…….'

자청운은 장권호의 얼굴을 떠올리며 눈살을 찌푸렸다. 그가 원하는 장백파의 정보는 없었기 때문이다. 아니, 있다 해도 알릴 수가 없었다. 또한 그에게 알릴 정보 따윈 애초에 풍운회에 없었다.

결국 그가 선택해야 할 길은 사파와 손을 잡고 정보를 얻는 것뿐이었다. 하지만 그렇게 되면 정파는 그를 공격할 것이다.

풍운회의 입장에선 그것 또한 바라지 않았다. 단지 그가 사파와 손을 잡는 일이 없기를 바랄 뿐이었다.

* * *

귀문주가 죽었다는 소문은 삽시간에 전 강호를 뒤흔들었다. 그러한 소문이 한곳에 머물 이유가 없었다.

이미 풍운회의 모든 사람들이 알고 있는 사실이었고, 장권호가 풍운회에 온 것 역시 강호에 소문이 나 있는 상태였다. 세간의 모든 눈이 풍운회에 쏠릴 수밖에 없었다.

하지만 풍운회에서도 장권호에 대한 소문과 그의 행적에 대해 거의 모르는 곳이 있었다. 바로 주작원으로, 풍운회의 사람이라도 함부로 들어갈 수 없는 곳이었다. 백옥궁의 사람들이 머물고 있었기 때문이다.

가내하와 종미미는 내실에 앉아 담소를 나누고 있었다. 이

곳에서 특별히 할 일이 있는 게 아니었기에 이렇게 시간이
나면 내실에 모여 이야기를 나누곤 했다.

"북경에 간 큰언니가 올 때가 되지 않았나요?"

"한 달이 다 되어가니 올 때가 되긴 했지."

자신의 말에 종미미가 고개를 끄덕이자 가내하가 살짝 아
미를 찌푸리며 다시 말했다.

"죄인을 잡는 일이 이렇게 지루할 줄은 몰랐네요. 차라리
어디에 산다는 것만 알아도 심심하지는 않겠어요."

가내하의 마음을 아는지 종미미가 미소를 보였다.

"행방이 묘연하니 한곳에서 기다릴 수밖에……."

종미미의 말에 가내하도 수긍할 수밖에 없었다.

그녀들은 궁의 두 장로를 죽이고 백옥궁의 비급까지 훔쳐
간 두 명의 여제자를 찾고 있었다. 여제자들은 반년 전 섬서
에서 한 번 모습을 보인 이후로 지금까지 단 한 번도 모습을
보이지 않았다.

둘은 짧은 숨을 내쉬며 이렇다 할 성과가 없는 것을 걱정
했다.

그때 문을 열고 이십 대 중반의 화(花)가 들어왔다.

"화아입니다."

"무슨 일이죠?"

종미미가 묻자 화가 가내하와 종미미의 가운데로 다가와
말했다.

"장권호의 소식을 들었습니다."

장권호라는 이름에 가내하와 종미미의 표정이 변하였다. 종미미는 평소의 그녀답지 않게 눈까지 반짝였다.

"그래요! 어떤 소식이에요?"

"어제 풍운회에 들어왔다고 합니다."

"어제요?"

"예."

화의 대답에 종미미는 얼굴을 붉혔고, 가내하는 상당히 놀란 표정을 보였다.

가내하가 안색을 굳히며 낮게 중얼거렸다.

"우리 백옥궁과 장백파의 관계를 알면서도 왜 장권호에 대한 소식을 전하지 않은 거지? 마음에 안 들어……."

"신경 쓰지 마. 그것보다 권호가 무사하니 다행으로 생각하자."

종미미의 말에 가내하는 묵묵히 고개를 끄덕였다.

지금 종미미는 풍운회에서 자신들을 어떻게 대하는지 신경 쓸 여력이 없었다. 장권호의 이름을 듣는 순간 이미 그에 대한 것만 머릿속에 가득 찼다.

"그래서? 지금 어디에 있는데요?"

"별채에서 쉬고 있다 들었습니다. 어떻게 할까요? 모시고 올까요?"

"네, 수고 좀 해주세요. 아! 화장을 좀 해야 하니까 잠시 후에 저희가 가는 걸로 해요. 그게 좋겠어요."

종미미는 장권호의 소식에 상당히 흥분한 듯 보였다.

그 모습을 본 가내하는 절로 고개를 저으며 짧은 숨을 내쉬었다.

"예, 그렇게 할게요."

화가 대답 후 밖으로 나가자 종미미는 바쁘게 자리에서 일어나 방으로 향했다.

가내하가 그런 종미미에게 말했다.

"일단 씻는 게 좋지 않을까요?"

"아! 그래야지. 같이 가자."

"네, 그래요."

가내하는 자신도 씻을 필요가 있다는 생각에 미소 지었다.

산책을 즐기던 장권호는 뒤쪽에 자리한 작은 문을 통해 밖으로 나왔다. 고개를 돌려 주변을 보니 여전히 숲이 울창하고 작은 길이 앞으로 뻗어 있는 게 이곳 역시 정원으로 보였다.

울창한 나무들 사이로 작은 소로를 따라 걷자 숲이 끝나는 곳에 넓은 호수와 구름다리가 보였다. 역시 풍운회의 정원이 맞는 듯했다.

구름다리를 지나 호수를 건너자 매화나무들이 넓게 자라고 있었고, 그 사이로 돌로 만든 의자나 태호석이 보였다. 꽃

길도 있었고 조금 떨어진 곳에 있는 정자도 눈에 띄었다.

장권호는 자연스럽게 정자 쪽으로 걸음을 옮기다 반대쪽에서 오는 사람들을 볼 수 있었다. 모두 삼남일녀였는데 낯이 익었다.

그들과 가까워지자 먼저 인사를 한 것은 그들이었다. 그들은 사람을 만나면 당연하다는 듯 인사를 하였고, 장권호도 인사를 나누었다.

그렇게 지나치는데 그들 중 한 명이 고개를 돌렸다.

"혹시 장 형이 아니오?"

"……?"

장권호가 그 목소리에 고개를 돌리자 웃고 있는 청년이 눈에 들어왔다.

청년은 장권호의 얼굴을 다시 보더니 확신한다는 표정으로 말했다.

"오랜만에 보는 것 같소. 유호라 하오. 기억 안 나시오? 전에 북쪽에서 함께하지 않았소이까?"

유호의 말에 장권호는 눈을 반짝이며 고개를 끄덕였다.

"오랜만이오. 기억하오."

"하하! 정말 장 형이구려."

그 옆에 서 있던 정영칠도 반갑다는 듯 손을 들었다.

"오랜만이에요."

가장 중앙의, 정영칠과 비슷한 키의 이석옥이 눈을 반짝이며 말했다.

장권호도 그녀를 알기에 고개를 끄덕였다.

"오랜만에 뵙소이다."

"이곳에 왔다는 소식은 들었는데 정말 있었구려. 하하! 이
거 술이라도 한잔해야 할 것 같소."

정영칠이 말하며 반가움을 표현했다.

그러나 다른 한 명은 조금 경계의 눈빛으로 장권호를 바라
보았다. 그는 이십 대 후반에 평범한 인상을 한 기철이었다.
하지만 이들 중 누구보다 눈빛이 매섭고 차가웠다. 많은 살
인을 한 눈이 분명했다.

"어디에 머무시나요?"

이석옥의 물음에 장권호가 대답했다.

"요 앞에 있는 별원에 있소."

손으로 구름다리 너머를 가리키자 그곳이 수화원이란 것
을 안 이석옥이 고개를 끄덕였다.

"다음에 한번 찾아뵐게요. 그때의 인연도 있고 하니……."

이석옥은 차갑게 눈을 반짝이며 말했다.

"그렇게 하시오."

"그럼 바빠서 먼저 가지요. 가자."

이석옥의 낮은 목소리에 사내들이 뒤를 따랐다.

유호는 마지막까지 장권호에게 미소를 보이다 포권한 후
몸을 돌렸다.

그들이 걸어가는 것을 본 장권호는 이곳이 다른 곳과도 연결된 곳이란 사실을 알 수 있었다.

아마 풍운회의 중심은 이 정원일 것이다. 문득 그런 생각이 들었다.

고개를 들어 정원을 중심으로 넓게 퍼져 있는 수많은 전각들의 지붕을 바라보았다. 그러다 저 멀리 오 층 전각이 눈에 띄자 눈을 반짝였다. 열려 있는 창문 사이로 누군가 자신을 쳐다보는 시선이 느껴졌기 때문이다.

"저자가 장권호인가?"

창가에 서서 정원을 바라보던 왕대욱은 풍운회에서 직접 고르고 기른 칠영대의 총대주였다.

칠영대는 풍운회에 들어온 일반 무인들을 정예화한 곳으로, 오직 풍운회에만 충성하는 무사들로 이루어져 있었다.

더구나 사대당처럼 다른 곳에서 들어온 사람들로 이루어진 곳이 아니기 때문에 풍운회주의 절대적인 신임을 얻고 있는 곳이기도 했다.

그런 칠영대의 총대주인 왕대욱은 풍운회주인 조천천에게 절대 충성하는 인물이었다.

마흔을 넘은 나이에도 여전히 불꽃같은 기도를 보이는 그는 시선을 돌려 의자에 앉아 있는 임규를 바라보았다.

사십 대 초반의 임규는 짧은 수염에 날카로운 눈매를 지닌 인물이었다.

그는 곧 자리에서 일어나 왕대욱의 옆에 서서 같이 정원을 바라보다 걸어가는 장권호를 발견하곤 고개를 끄덕였다.

"그렇습니다."

"그렇군."

왕대욱은 고개를 끄덕이며 창가에서 떨어져 의자에 앉았고, 임규 역시 맞은편에 앉았다.

왕대욱이 수염을 쓰다듬으며 말했다.

"저런 젊은 놈이 귀문주를 죽였다라……. 대단하군."

"놀랄 일이지요. 우리가 해야 할 일을 대신해주었으니 축하해야 할 일입니다. 비록 어부지리지만 이번 일로 풍운회의 입지는 더욱더 견고하게 다져질 것입니다."

임규의 말에 왕대욱은 마음에 안 든다는 표정으로 말했다.

"변방의 무명소졸(無名小卒)이……."

"허나 그의 무공은 사실입니다."

왕대욱도 그 점에 대해서는 인정한다는 표정으로 고개를 끄덕였다.

"사실이겠지……. 하지만 장백파라는 게 마음에 안 들어. 아마 나 같은 생각을 하는 사람들이 꽤 있을 것이네."

"물론입니다."

임규도 고개를 끄덕이며 동조했다.

"변방의 무인이 아무리 중원을 어지럽혀도 어차피 클 수는 없습니다. 점창파나 장백파나 마찬가지지요."

"그렇지. 점창파 역시 변방의 한 문파에 지나지 않아. 그런 놈들이 오대문파와 어깨를 나란히 하려 한다는 것 자체가 건방진 일이네……."

왕대욱은 당연하다는 듯 미소 짓더니 곧 정색하며 입을 열었다.

"그것보다 내일 천수로 가는 준비는 모두 마무리되었나?"

"물론입니다. 월영대와 일영대를 제외하곤 모두 준비되었습니다."

"수고했네. 오늘 저녁은 모두들 편히 쉬게 하게나. 외출도 허락하고. 술을 마셔도 상관없으나 자시 전에는 들어와 자야 된다고 이르게. 내일부터 당분간 휴식은 없을 테니 말이야."

"알겠습니다."

임규가 밖으로 나가자 왕대욱은 가만히 탁자를 두드렸다. 긴장감 때문이었다. 아직 귀문과 본격적으로 싸움을 시작한 것도 아니건만 생각만 해도 긴장이 되고 흥분이 맴돌았다.

"아직 늦지 않았어. 후후……."

왕대욱은 가만히 중얼거리며 미소 지었다.

*   *   *

수화원 안으로 들어가던 장권호는 내실에 사람의 그림자

가 어른거리자 살짝 눈살을 찌푸렸다. 자신이 머무는 곳에 낯선 사람이 있다면 누구라도 기분이 나쁠 것이다. 그런데 내실의 창가에서 자신을 바라보는 눈과 마주하자 걸음을 멈출 수밖에 없었다.

"권호야!"

휘리릭!

바람처럼 빠르게 창문을 빠져나온 종미미의 신형이 마치 늘어난 것처럼 장권호를 향했다.

장권호는 갑작스러운 그녀의 등장에 어쩔 줄을 몰랐다.

와락!

잠깐의 방심이 큰 화를 부른 것일까? 종미미가 품에 안겨 들었다. 그녀의 따뜻한 체온에 장권호는 안색을 붉혔다. 언제나 종미미에겐 당하기만 하는 것 같았다.

"삼 년 만이네."

종미미가 살짝 떨어져 말하자 그녀의 미소 진 얼굴이 화사해 보였다.

"그러네요."

장권호의 말에 종미미는 살짝 아미를 찌푸렸다. 너무 단조로운 대답이었기 때문이다.

"보고 싶지 않았어?"

종미미가 자신의 얼굴을 쓰다듬으며 말하자 장권호는 고개를 끄덕였다.

"보고 싶었습니다. 아주 많이. 후후."

"이런 귀여운 것."

와락!

다시 한 번 종미미가 품에 안겨들었다.

종미미는 너무 좋아 죽겠다는 듯 장권호의 가슴에 얼굴을 묻고는 이리저리 비벼댔다.

멀리서 그 행동을 보던 가내하가 얼굴을 붉히더니 이내 화난 표정으로 다가와 종미미의 허리를 잡아당겼다.

"그만 떨어져요. 권호가 난처해하잖아요."

"하지만……."

종미미는 강하게 장권호를 안고 놓지 않았다. 투덜거리는 가내하를 무시한 채 계속해서 장권호의 품으로 파고들었다.

"일단 안으로 들어가요."

장권호가 그렇게 말한 후에야 종미미가 고개를 끄덕이며 한 발 물러섰다.

가내하가 살짝 한숨을 내쉬곤 장권호에게 말했다.

"풍운회에 오면 찾으라니까, 왜 안 찾았지?"

무척이나 차가운 목소리였다.

"찾기 전에 왔네."

장권호의 말에 가내하의 눈빛이 차갑게 반짝였다. 하지만 그것도 잠시뿐, 그녀는 곧 조금 풀린 표정으로 말했다.

"무사해서 다행이야."

"고마워."

가내하는 고개를 끄덕이며 신형을 돌렸다.

작은 다탁을 사이에 두고 둘러앉은 세 사람은 이런저런 이야기를 나누고 있었다. 그러다 임아령의 소식을 묻는 장권호에게 가내하가 말했다.

"일 때문에 북경에 가셨어. 그곳에서 장로님들과 함께 오실 거야."

"그랬군."

장권호는 어떤 일인지 묻지 않았다.

"그동안 어떻게 지냈어?"

"특별한 일은 없었어."

"무적명에 대해서 아무런 소득도 없다는 뜻 같은데?"

"그래."

가내하의 물음에 장권호가 씁쓸한 표정으로 대답하자 종미미가 그런 그의 어깨를 다독였다.

"너무 신경 쓰지 마……. 분명 네 앞에 나타날 테니까."

종미미의 무색투명한 눈동자 속에 물결이 일어난 것처럼 보였다. 장권호는 그녀의 무공이 여전하다는 생각을 하였다.

"그렇게 되겠지요. 그런데 종 누나까지 풍운회에 계실 줄은 몰랐네요."

"이왕 세상에 나온 거, 중원을 구경하는 것도 좋다고 하셔

어른이 된 이후 129

서……. 궁주님의 배려지."

종미미의 말에 장권호는 잘됐다는 듯 미소 지었다.

"둘이 손잡고 강호 유람이라도 가지 그래?"

차가운 기운을 뿌리며 가내하가 말하자 장권호가 눈을 크게 뜨며 말했다.

"그거 좋은 생각이다! 내하도 같이해서 우리끼리 강호나 유람해볼까?"

"좋겠다."

종미미가 즉석에서 고개를 끄덕였다. 그녀에게 중요한 건 장권호와 함께한다는 점이었다.

그 모습에 가내하가 고개를 저으며 한숨을 내쉬었다. 지금 중요한 게 어떤 일인지 그녀는 잘 알기 때문이다.

"그게 말이 돼요? 언니, 지금 중요한 게 무엇인지 잊었어요? 그리고 권호 넌 그럴 여유가 있어?"

"그냥 해본 말이야. 하지만 언젠가는 그렇게 하고 싶어. 내하와 함께하는 강호 유람이라…… 생각만 해도 기분 좋은데?"

"흥! 수작 부리지 마."

장권호의 말에 살짝 얼굴을 붉힌 가내하가 팔짱을 끼며 고개를 돌리자 종미미는 그 모습이 귀여운지 소매로 입가를 가리며 소리 없이 웃었다.

　　　　*　　　*　　　*

　주작원으로 가던 조선약은 수화원 앞에 백옥궁의 무사들
이 보이자 걸음을 멈추었다. 주작원 앞을 지켜야 할 백옥궁
의 무사들이 수화원의 앞에 보이자 놀란 것이다.

　지금까지 백옥궁의 사람들을 많이 만나봤지만 그녀들은
단 한 번도 외출을 하지 않았다. 한데 그런 그녀들이 외출을
했다니 놀랄 수밖에 없었다.

　"수화원에 누가 있지요?"

　그녀가 뒤에 있던 시비들에게 묻자 양초랑이 대답했다.

　"장권호가 머물고 있는 곳이오."

　양초랑의 대답에 조선약은 조금 놀란 표정을 보였다. 장권
호에 대해 꽤 많이 들어봤기 때문에 사실 궁금했던 차였다.

　"여!"

　뒤에서 들리는 소리에 고개를 돌린 양초랑은 살짝 눈살을
찌푸렸다. 정관홍이 미소를 보이며 다가왔기 때문이다.

　"오랜만이야. 어이구! 조 소저를 뵙소이다."

　정관홍은 자연스럽게 양초랑의 어깨를 감싸며 조선약에게
인사했다.

　조선약도 미소를 보이며 마주 인사했다.

　"반가워요."

　"어딜 그렇게 가십니까? 좋은 곳이라면 저도 함께 가고 싶

은데."

정관홍이 그렇게 말하며 양초랑의 옆구리를 쑤시자 그의 의도를 깨달은 양초랑이 어색한 미소를 보이며 말했다.

"이 친구가 장권호를 소개시켜달라고 하니 함께 수화원에 가는 게 어떻겠소?"

"그건 일단 물어보고요."

양초랑의 말에 살짝 아미를 찌푸린 조선약은 백옥궁의 무사들에게 이야기를 꺼냈다.

곧 백옥궁의 무사들이 안으로 들어가 알리자 조선약이 고개를 돌려 정관홍과 양초랑에게 눈을 흘기며 말했다.

"두 분…… 상당히 친해 보이네요."

"하하! 물론이오."

정관홍이 호탕하게 웃으며 대답하자 조선약은 고개를 돌렸다.

곧 백옥궁의 무사들이 밖으로 나와 안내를 하였다.

안으로 들어가던 양초랑과 정관홍은 잠시 걸음을 멈추고 눈을 크게 떴다. 전혀 생각지도 못한 미녀 두 명이 서 있었기 때문이다.

한 명은 한 자루 칼날처럼 날카롭고 차가운 한기를 뿌리는 눈빛의 가내하였고, 다른 한 명은 지금까지 전혀 느끼지 못한 부드러움과 여성스러움을 느끼게 해주는 종미미였다.

둘 다 보기 드문 미녀였지만 특히 종미미가 조선약이나 가내하보다 더욱 매력적으로 두 사람에게 다가왔다.

"정, 정관홍이오. 이렇게 백옥궁의 두 분 소저를 뵙게 돼서 영광이오."

"양초랑이라 하외다. 잘 부탁드리오."

양초랑과 정관홍의 인사에 가내하와 종미미가 입을 열었다.

"가내하예요."

"종미미라 해요."

두 사람의 이름을 들은 정관홍과 양초랑은 저도 모르게 얼굴을 붉혔다. 장권호도 자신을 소개했지만 그의 얼굴과 이름은 눈에 들어오지도 않았다.

"앉으세요."

종미미가 자리를 권하자 두 사람은 황급히 앉았다.

"이렇게 두 분 소협을 뵙게 돼서 영광이네요. 강북에서 가장 유명한 분들이라 어떤 분들인지 궁금했는데."

미소를 보이며 말하는 종미미에게 크게 웃어 보인 정관홍과 양초랑이 쑥스러운 듯 말했다.

"아니, 뭐…… 그렇게 유명하지도 않소이다."

"하하하! 아주 조금 명성을 얻었을 뿐이오."

양초랑과 정관홍은 그렇게 말하며 서로의 얼굴을 바라보았다.

둘의 입가에 미소가 떠나지 않자 조선약이 미안한 표정으로 가내하에게 시선을 던졌다.

가내하는 슬쩍 미소를 보였다.

"양 소협은 제 호위고, 정 소협은 현재 백호당의 당주로 계세요."

"아……."

가내하와 종미미가 고개를 끄덕였다.

"그것보다 요즘 장 소협의 소문이 대단하던데, 이렇게 뵙게 되어 반갑네요."

조선약이 장권호에게 시선을 던지며 말하자 그를 향해 사람들의 시선이 쏠렸다.

정관홍은 그의 좌우로 가내하와 종미미가 앉아 있다는 사실을 깨닫고는 부럽다는 눈빛을 던졌다.

"감사하오. 조 소저의 미모는 소문 이상으로 뛰어나신 것 같소."

장권호의 입에서 아름답다는 말이 흘러나오자 종미미와 가내하의 눈동자에 빛이 번뜩였다. 그런 말을 하는 사람이 아니었기 때문이다.

"고마워요."

조선약은 장권호의 칭찬에 미소를 보였다.

그때 정관홍이 정색을 하며 끼어들어 장권호에게 물었다.

"귀문주와는 어떻게 된 것이오? 정말 장 형이 귀문주를 죽인 것이오?"

"내가 죽인게 아니라 자결이오."

장권호의 말에 정관홍의 눈동자가 차갑게 번뜩였다. 그것은 투지였다.

모두 그것을 느낀 듯 그에게 시선이 쏠리자 정관홍이 얼굴을 붉혔다.

"남자라면 당연히 강한 사람과 겨루고 싶은 것이라오. 장 형의 무공을 보고 싶소이다."

"지금 말이오?"

"지금은 눈이 많아 힘들 것 같소이다. 또한 내일이면 천수로 떠나야 해서……. 손님이 없었다면 오늘 겨루고 싶었소. 하지만 다음으로 미뤄야 할 것 같소이다. 사실…… 그 말을 하려고 온 것이오."

정관홍의 말에 장권호는 담담한 표정으로 대답했다.

"정 형과의 만남을 기다리겠소."

"돌아올 때까지 어디 가지 마시오. 후후, 그럼……."

정관홍은 자리에서 일어나더니 곧 포권했다.

"아름다운 세 분 소저를 뵙게 돼서 눈이 호강한 것 같소이다."

정관홍이 먼저 자리를 뜨자 양초랑이 그의 뒤를 따라 걸어 나갔다. 아무래도 정관홍의 말이 마음에 걸린 것이다.

"장 형과 비무를 하겠다고?"

문밖으로 나오자 양초랑이 정관홍에게 물었다. 정관홍은 당연하다는 듯 고개를 끄덕였다.

"그래야지. 이런 기회가 또 있겠나? 자네는 어떤가? 장 형과 비무를 해봤나?"

"물론이네."

"음……."

정관홍은 양초랑의 대답에 침음했다. 그의 목소리로 보아 패한 게 분명했다. 그렇지 않다면 저렇게 힘없이 대답할 리 없었다. 아니, 이겼다면 분명 과장되게 그 당시의 상황을 설명할 친구였다.

"말리고 싶지만 자네의 성격상 말린다고 안 할 사람이 아니지."

"아는군."

정관홍이 미소를 보이며 답하자 양초랑이 말을 이었다.

"조언을 한다면 처음부터 최선을 다하라고 말해주고 싶네."

"그래?"

"절대 봐주지 말게나. 기필코 죽이겠다는 생각으로 덤벼야 어느 정도 겨룰 수 있을 게야. 물론…… 자네가 진다는 것에 금 두 냥을 걸겠지만. 후후."

"자네의 말처럼 그리하지……. 그런데 두 냥은 좀 쪼잔한 것 같군. 열 냥은 걸게. 그래야 필사적으로 싸울 게 아닌가?"

"하하하! 그러지."

"후후……."

정관홍은 웃음을 보인 후 빠르게 걸어갔다.

그런 정관홍의 뒷모습을 보던 양초랑이 크게 말했다.

"죽지 말고!"

"알았다."

정관홍이 고개를 돌려 대답한 후 다시 걸어가자 양초랑은 다시 안으로 들어갔다.

"무적명에 대해선 저도 자세히는 몰라요. 물론 장백파에 대한 것도 잘 모르고요. 하지만 백옥궁에 대해선 두 분을 통해 어느 정도 알게 되었어요."

조선약의 말에 장권호는 고개를 끄덕였다.

조선약이 그런 장권호를 바라보며 다시 말했다.

"그토록 젊은 나이에 귀문주를 죽일 정도의 무공을 지니셨다니…… 놀라워요. 처음 소문을 들었을 땐 믿지 않았는데 직접 장 소협을 보니 믿을 수 있을 것 같아요."

장권호는 그 말에 담담한 표정을 보였다.

"과찬이오."

"귀문주가 그렇게 대단한 사람이니?"

귀문주의 이야기가 계속 나오자 종미미가 궁금한 표정으

로 물었다. 그에 가내하와 조선약이 놀랍다는 듯 종미미를
바라보았다.

"강호를 사분하고 있는 귀문의 문주예요. 이곳 풍운회로
치면 회주인 거지요. 그 정도로 강호에 영향력이 있는 사람
이에요. 그런 사람을 권호가 죽였다고 하네요. 사파 사람이
지만 그의 무공은 절륜하고 특히 천하제일의 쾌검이라 알려
져 있어요."

"대단한 사람이구나."

가내하의 설명을 들은 종미미는 짐짓 놀란 표정을 보이더
니 곧 표정을 바꾸며 말했다.

"앞으로 귀문을 조심해라."

종미미의 말에 장권호는 고개를 끄덕였다. 귀문주가 죽었
다고 해도 귀문이 사라진 것은 아니기 때문이다. 그들은 분
명 원한을 가지고 장권호를 노릴 것이다.

"귀문주의 죽음으로 현재 섬서와 감숙성의 무림이 혼란에
빠졌어요. 이 기회를 놓치지 않고 풍운회는 귀문을 압박하겠
지요."

"내일 대대적으로 토벌에 나선다고 들었는데?"

가내하의 물음에 조선약이 눈을 반짝였다.

"맞아. 적어도 천수까지는 풍운회의 영향력 아래에 두려는
듯해. 서안까지는 무리더라도……. 수정궁도 있으니까."

수정궁 역시 만만한 상대가 아니었다. 가내하도 수정궁에

대해선 들은 기억이 있었다.

조선약이 장권호에게 다시 물었다.

"그것보다 장 소협은 앞으로 어떻게 하실 생각인가요? 계속 풍운회에 계실 건가요?"

"조만간 떠날 생각이오."

장권호가 자신의 생각을 말하자 조선약은 조금 서운한 표정을 보였다. 하지만 현명한 판단이라 생각했다. 이곳에 오래 있다 보면 분명 마찰이 일어날 것이다. 한 산에 호랑이가 두 마리 있는 한 당연히 일어나는 영역 싸움이었다.

떠난다는 말에 종미미가 서운한 표정을 보였다.

"어디로 갈 건가요?"

"강남으로 갈 생각이오."

"아······."

조선약은 강남이란 말에 밝은 표정을 보였다. 좋은 기억이 많은 곳이었기 때문이다. 하지만 세가맹은 결코 만만한 곳이 아니었다.

"좋은 곳이에요."

조선약의 대답과 함께 양초랑이 안으로 들어와 조용히 의자에 앉았다.

그가 앉자 분위기가 다시 바뀌는 것 같았다.

"괜히 온 것 같소, 분위기가 이렇게 냉랭하니······. 하하하!"

무안한지 양초랑이 크게 웃으며 말하자 장권호도 같이 웃
으며 말을 받았다.

"조만간 떠날 것이니 그 전에 술이나 한잔하지……. 물론
우리 둘이서."

"그러지. 그 말을 기다렸네."

양초랑이 좋다는 듯 고개를 끄덕였다.

제5장

평범한 사람들

창을 통해 들어온 매의 발에는 전서가 들려 있었다.

의자에 앉아 있던 이십 대 후반의 청년은 붉은 전서를 펼쳐 읽은 후 눈살을 찌푸렸다.

살(殺)

특급에 해당되는 전서였고, 그 내용은 간단명료했다.

도대체 누구를 죽이라는 것일까?

하지만 청년은 이미 모든 것을 이해한다는 듯 미미하게 고개를 끄덕인 후 전서를 호롱불에 태웠다.

풍운회주인 조천천과의 만남은 사람들이 돌아간 이후에 이루어졌다. 조금 늦은 저녁 풍운회주의 부름으로 그의 거처에 들어선 장권호는 술상이 마련되어 있는 자리에 앉았다.

곧 그의 앞에 이십 대 후반의 조천천이 모습을 보였다.

"조천천이라 하네."

"장권호라 하오."

장권호와 인사를 나눈 조천천은 아주 짧은 순간 그의 전신을 훑고는 의자에 앉으며 말했다.

장권호 역시 짧은 시간에 조천천의 전신을 살폈고, 그의 눈동자 깊은 곳에 숨은 타오르는 불꽃같은 기운을 느꼈다. 외유내강(外柔內剛)이 확실한 사람이라는 판단이 들었다.

"바쁘다 보니 장 형이 온 것을 알면서도 만나지 못했네. 용서하게나."

"별말씀을……."

"자네에게 고맙다는 말을 하고 싶네."

"운이 좋았을 뿐이오. 또한 추 문주는 스스로 자결한 것이오. 내가 죽였다고 볼 수는 없소이다."

"자네가 아니었다면 그러지도 못했겠지."

조천천은 미소를 보이며 말했다.

그 말에 장권호는 침묵했다. 틀린 말은 아니었기 때문이다.

또르륵!

"죽엽청이네. 가장 좋아하는 술이라 가끔 마신다네."

장권호의 잔과 자신의 잔에 술을 가득 담은 조천천이 잔을 들어 올렸다.

"우리의 만남을 기념하는 의미에서 한잔하세."

"고맙소."

둘은 한 잔을 마셨다. 그리곤 다시 술잔에 술을 가득 담았다.

"두 번째 잔은 자네가 말하게."

"풍운회의 번영을 위해 마시고 싶소."

"좋지."

조천천이 그 말에 웃음을 보이며 잔을 들었다.

둘은 다시 한 잔을 마시곤 또다시 술잔에 술을 가득 채웠다.

"세 번째는 자네의 장백파를 위해 건배하겠네."

"좋소."

장권호가 고개를 끄덕이며 잔을 들자 곧 다시 술을 비운 그들은 잔을 내려놓았다.

"자네는 무적명을 찾기 위해 강호에 나왔다고 들었네."

"그렇소이다."

장권호가 눈을 반짝이며 답하자 조천천이 굳은 표정으로 말을 이었다.

"나도 무적명을 직접 눈으로 본 적은 없네. 소문으로만 들었을 뿐이네……. 나 역시 만나고 싶은 인물이야. 기회가 된다면 한번 겨뤄보고 싶네."

조천천의 말에 장권호는 조금 실망한 표정을 보였다. 그래도 풍운회주의 입에서 흘러나오는 말이라 내심 기대하고 있었기 때문이다.

그런 장권호의 표정을 알아챈 조천천이 다시 말했다.

"귀문주를 처리해주었으니 선물을 줘야겠는데 마땅한 게 없네. 단지…… 무적명이 살던 곳에 대해서 알려주겠네."

"……!"

장권호의 눈동자가 순간 번뜩였다.

그의 강렬한 기도가 순식간에 나타났다 사라지자 조천천은 내심 놀라워했다.

'대단하군……. 과연…… 경계를 할 만해…….'

조천천이 고개를 끄덕이며 말했다.

"강서성 포양호 인근에 유가장이라고 있네. 내가 알기론 무적명의 고향이 그곳 유가장이네. 가볼 텐가?"

"그렇소."

장권호가 당연하다는 듯 대답했다.

"가더라도 세가맹은 조심하게나. 그들은 우리 풍운회와는 달리 정사의 구분이 없으니 말이야……. 겉으로는 정의를 내세우지만 속가다 보니 잇속을 더 중요시 여기네."

"기억하리다."

조천천은 미소를 보이며 말을 이었다.

"이게 내가 자네에게 주는 선물이네. 이런 말밖에 못해줘서 미안하군."

"고맙소."

장권호는 짧게 대답하고는 자리에서 일어났다.

"조심히 가게나."

"그럼."

가볍게 인사하고 밖으로 나가는 장권호의 모습을 물끄러미 보던 조천천은 씁쓸히 고개를 저었다.

"아무리 대단한 무공을 지니고 있어도…… 어차피 홀로인 것을……. 그것이 자네와 나의 차이네."

조천천은 가만히 중얼거리다 자리에서 일어섰다.

방으로 돌아온 장권호는 한쪽에 놓아두었던 검과 도를 꺼내 손질하였다. 풍운회주의 입을 통해 나온 정보이니 확실할 것이다. 그곳에 가면 어떤 단서가 있을지도 모르고, 아니면 아무것도 없을지도 모른다.

그래도 안 가는 것보다는 가는 게 낫다고 판단했다.

'아침에 떠나야겠군.'

장권호는 내일 아침 일찍 풍운회를 나가야겠다고 마음먹었다. 단지 정관홍과의 약속을 지키지 못한다는 점이 아쉬웠다.

'풍운회에는 다시 한 번 와야겠어.'

정관홍과의 비무 약속은 반드시 지켜야 된다고 생각했다.

검과 도의 손질을 모두 마친 그는 이내 침상에 앉아 운기조식을 시작했다.

그녀의 인생에 있어 가장 중요한 시기가 있었다면 장권호와의 만남이 있던 때일 것이다. 그와의 만남이 있은 직후 그녀는 많은 시간을 수련에 몰두하였다. 백옥궁을 나가기 위해선 빙백신공의 대성이 필수였기 때문이다.

궁주가 그녀에게 내린 명령은 빙백신공의 대성이었고, 그렇게 하면 그다음은 마음대로 해도 된다고 하였다.

그녀는 당연히 그 명령에 따랐고 결국 대성하게 되었다.

그 직후 장백파를 찾은 그녀는 장권호와 다시 만날 수 있었다.

그렇게 몇 번 장백파를 오가는 사이 성격도 많이 변하게 되었고, 예전과 다르게 자주 웃게 되었다.

그런 그녀의 변화에 가장 놀란 사람은 가내하와 임아령이었다. 평소 친자매처럼 지냈기에 종미미의 변화를 옆에서 전부 지켜본 것이다.

과거의 그녀와 지금의 그녀를 비교한다면 당연히 그녀들은 현재의 그녀를 좋아했다.

또한 그녀는 빙백신공의 대성과 함께 백옥궁에서도 손에

꼽는 고수가 되어 있었다.

"권호가 떠나기 전에 큰언니가 왔으면 좋겠네요."

"그래야지."

가내하의 말에 종미미는 고개를 끄덕였다. 임아령도 장권호를 친동생처럼 대해주었기 때문에 누구보다 장권호의 무사함을 기뻐할 것이다.

"그냥 나는 권호를 따라가면 안 될까?"

종미미가 조심스럽게 묻자 가내하가 싸늘하게 표정을 굳히며 고개를 저었다. 말도 안 되는 소리였기 때문이다.

"그건 절대 안 돼요. 스승님이 언니를 이곳에 보내신 이유를 잊으면 안 돼요."

"그렇지……."

종미미가 이곳에 온 이유는 도난당한 신물의 회수 때문이었다. 처음엔 가내하와 임아령이 나왔지만 둘의 무공으로는 부족했기에 종미미까지 오게 된 것이다.

하지만 무공만으로도 부족해 결국 강호의 경험이 많은 임아령과 판단력이 뛰어난 가내하까지 오게 되었다. 궁의 입장에선 셋이 함께 있는 게 가장 안정적이라고 여겼다.

"도망친 죄인들은 저 혼자서 상대하기 벅찬 사람들이에요."

"나 혼자도 힘들 거야."

종미미가 자신 없다는 듯 말하자 가내하가 미소를 보였다.

종미미의 무공에 대해서 잘 알기 때문이다. 단지 종미미는 다른 사람들에 비해 실전이 부족했다. 그 점이 조금 걱정이었지만 자신이 옆에 있다면 문제 될 게 없다고 여겼다.

"너무 걱정하지 마세요. 제가 있으니까요."

가내하의 말에 종미미는 안심한다는 듯 고개를 끄덕였다.

그때 화가 안으로 들어와 말했다.

"장 소협이 왔어요."

장권호가 왔다는 말에 가내하와 종미미는 직감적으로 그가 떠나기 전에 인사하러 온 것이라 생각했다.

그녀들의 직감은 틀리지 않았다. 검은 무복을 입은 장권호는 허리에 검과 도를 차고 나타났다.

그 모습을 본 가내하는 잠시 입을 다물었다. 긴 흑발을 단정하게 묶은 그였지만 왠지 모를 차가운 한기가 밀려왔기 때문이다.

"떠나기 전에 얼굴이라도 봐야 할 것 같아서 왔습니다."

종미미를 향해 말하는 장권호의 표정은 여전히 담담했다.

그는 곧 가내하를 향해 말했다.

"오랜만에 만났는데 금방 헤어지게 돼서 미안하군."

가내하는 그저 가만히 고개를 끄덕였다. 섭섭한 마음도 있었지만 떠나겠다는 장권호를 잡을 명분도, 이유도 없었다.

종미미가 서운한 표정으로 장권호를 바라보았다.

"언제…… 올 거니?"

"저도 기약이 없네요."

솔직한 장권호의 말에 종미미는 잠시 입을 다물었다. 그녀의 투명한 눈동자가 가볍게 흔들렸다. 지금 보내면 다시는 못 볼 것 같다는 생각이 들었기 때문이다.

"중원은 네 집이 아니야……. 돌아와야 한다는 걸 기억해 줘. 그리고 내가 있다는 것도."

장권호가 고개를 끄덕이자 종미미는 자리에서 일어나 그에게 다가갔다. 그리고 손목에 차고 있던 은팔찌를 풀어 건네주었다.

"잃어버리지 말고…… 빌려주는 거니까 나중에 꼭 돌아와서 줘야 해."

"알았어요."

장권호는 은팔찌를 왼 손목에 찬 후 미소 지었다. 그제야 종미미는 조금 안심이 되는지 한 발 물러섰다.

장권호가 가볍게 인사를 한 후 신형을 돌려 나가는 모습을 계속해서 지켜보던 종미미는 그가 완전히 문 사이로 사라진 후에도 자리에 앉을 생각이 없는 듯 석고상처럼 서 있었다.

*　　　*　　　*

귀문주의 죽음으로 강북 무림의 판도는 확실하게 변하고 있었다. 그 중심에는 풍운회가 있었고, 풍운회는 노도처럼 귀문을 압박하기 시작했다.

섬서와 감숙성 일대는 귀문과 풍운회의 싸움터로 변하였으며, 크고 작은 싸움으로 인해 많은 사람들이 죽어갔다.

하지만 강호의 화젯거리를 좋아하는 사람들에겐 그저 즐거운 이야기 소재일 뿐이었기에 그들은 풍운회와 귀문의 싸움에 대해 웃고 떠들며 하루하루를 보냈다.

바쁘게 움직인 장권호는 보름 만에 하남성 남부의 큰 마을인 언양촌에 도착해 그곳의 주루에서 식사를 하는 중이었다.

주루에는 많은 사람들이 오갔기에 가만히 앉아 식사를 하다 보니 이것저것 사람들의 대화를 들을 수 있었다. 대다수의 사람들이 말하는 것 중 가장 화제가 되는 것은 역시 풍운회와 귀문의 싸움이었다.

하지만 모두 비슷한 이야기들이라 특별하게 관심이 갈 만한 이야기는 없었다.

간단한 소채와 소면으로 식사를 마친 장권호는 곧 자리에서 일어났다. 순간 그의 앞에 삼십 대 후반의 인상 좋은 중년인이 다가와 말을 걸었다.

"형장."

"……?"

장권호가 걸음을 멈추자 중년인이 다시 말했다.

"무림인인가?"

"그렇소."

장권호는 자신이 무림인이란 사실에 대해 특별하게 숨길 이유가 없다고 생각했다. 그렇기 때문에 처음 보는 중년인의 물음에도 고개를 끄덕였다.

　마침 잘됐다는 듯 중년인이 말했다.

　"이거 정말 반갑구먼. 나는 여동이라 하네. 사실 부탁할 게 있어서 그러는데, 이야기라도 한번 들어봐 주겠나?"

　"말하시오."

　"사실 우리 상단이 대별산을 넘어야 하는데 호위가 부족하다네. 보수는 두둑이 줄 터이니 같이 가주겠나?"

　장권호가 특별히 관심 없다는 표정으로 살짝 눈살을 찌푸리자 여동이 급하게 다시 말했다.

　"이렇게 초면에 불쑥 이런 이야기를 하는 건 예의가 아니라는 것을 아네. 하지만 호위가 부족해 염치 불구하고 부탁하는 것일세."

　"호위가 왜 부족하오?"

　"풍운회에서 낭인들을 대거 모집한 모양일세. 그 탓에 우리 상단을 호위해주던 무사들도 꽤 많이 그곳으로 가버렸네."

　여동은 조금 씁쓸한 표정으로 말했다. 상단에서 호위 임무를 하는 것보다 차라리 풍운회에서 공적을 올리는 게 출세의 지름길이라는 것은 낭인들도 잘 알 터였다.

　장권호도 대충 이해한다는 표정이었다.

"풍운회에서 공을 세우면 좋은 자리를 주겠다고 하는 모양이네. 더욱이 세가 넓어졌으니 사람도 필요하겠지⋯⋯. 설마 자네도 풍운회로 가는 길인가?"

"아니요. 마침 대별산을 넘어야 했소."

"그렇다면 내 부탁 좀 들어주게."

여동은 마지막 끈이라도 잡으려는 표정으로 장권호를 간절히 바라보았다.

그 모습에 장권호는 순순히 고개를 끄덕이며 승낙했다. 어차피 대별산을 넘어 무한으로 가야 했기 때문에 동행한다 해서 문제가 될 거라 여기진 않았다.

"그렇게 하겠소."

"고맙네. 그런데 자네 이름은 어떻게 되는가?"

"그냥 장 씨라 부르시오."

장권호의 대답에 여동은 고개를 끄덕였다.

"알겠네. 그리고 이건 선수금일세."

여동이 품에서 금 두 냥을 꺼내 장권호의 손에 쥐여주고는 밖으로 나갔다.

그가 나가자 장권호는 식비를 지불하고 나와 남쪽으로 걸어가는 여동의 뒷모습을 바라보았다. 상당히 의심스러운 부분도 있었지만 입고 있는 옷은 분명 고급 옷이었고 말투 역시 상인으로 보였다.

"어떤 상단인지 이름도 묻지 못했군."

가만히 중얼거리던 장권호는 그런 문제는 내일 해결하자고 생각했다.

다음 날 아침, 장권호는 일찍 일어나 마을 입구로 향했다. 그곳엔 이미 꽤 많은 짐꾼들과 다섯 대 정도의 마차, 그리고 두 대의 수레가 있었다.

그 주변으로 평범한 일꾼들이 보였고, 그들과 조금 떨어진 곳에 무기를 소지한 몇 명의 낭인들도 보였다.

장권호는 그들에게 다가가 여동을 찾았지만 아직 나타나지 않았는지 모두 편한 자세로 앉아 있었다.

'오십이 명…… 적군.'

천천히 그들을 둘러보던 장권호는 생각보다 작은 상단이란 점에서 고개를 끄덕였다. 큰 상단이 아니라 작은 상단이란 점이 여동의 행동을 더욱 이해할 수 있게 해주었다.

"형씨도 호위요?"

"그렇소."

장권호는 옆에 다가온 이십 대 중반의, 조금 날카로운 인상에 오른 눈에 긴 검상을 지닌 인물을 바라보았다.

"그제 큰돈을 준다는 말에 왔소이다."

"반갑소."

"최길이라 하오. 형씨는 이름이 무엇이오?"

"장 씨라 부르시오."

"그럽시다."

최길은 장권호의 짧은 대답에 자신을 무시하는 것 같은 생각이 들어 퉁명스럽게 대답하곤 더 이상 입을 열지 않았다.

장권호의 눈에 최길과 비슷해 보이는 낭인들이 여덟 명은 더 들어왔다.

곧 여동이 모습을 보였다.

그가 두 명의 호위무사와 함께 말을 타고 나타나자 상인들이 자리에서 일어섰다.

여동은 인원을 파악한 뒤 출발하였고, 장권호는 가장 후미에 서서 최길과 함께 걸음을 옮겼다.

"대별산에 산적이 많은 모양이오?"

장권호가 궁금한 표정으로 묻자 최길은 그런 장권호의 위아래를 한 번 훑어보더니 미소를 보였다.

"초출이오?"

뜬금없는 최길의 물음이었다.

최길은 장권호의 나이가 젊다는 점과 행낭조차 준비를 안한 듯한 그의 행색을 보고 물은 것이다.

"뭐, 그렇다고 합시다."

장권호의 대답에 최길은 초출인지 아닌지 분간하기 어렵다는 듯 살짝 눈살을 찌푸렸다. 도통 마음에 드는 구석이 하나도 없는 친구였다.

"어차피 말이라도 하고 가야 심심함이 덜할 테니 편히 말

합시다."

"그러시오."

장권호의 대답에 최길이 고개를 끄덕였다.

"대별산에 산적이 많은 게 아니라 강호의 모든 산에는 다 산적이 있다고 생각하면 될 것이네. 산에는 산적, 물에는 수적, 마을에는 도둑이나 강도가 있겠지."

"그렇구려."

"대별산은 동서로 길게 뻗어 있는 높고 험한 산이기 때문에 산적들도 많다네. 내가 아는 것만 다섯 개니…… 알려지지 않은 이름 모를 산채들도 더 있겠지. 땅이나 일구면서 사는 촌부들이야 그냥 그렇게 살면 되겠지만 아무것도 남지 않은 사람들은 산으로 간다네. 먹고는 살아야 하니 말일세."

최길의 말에 장권호도 이해한다는 표정이었다.

"대별산에 그토록 산적이 많은 줄 몰랐소. 가까운 곳에 풍운회가 있을 터인데…… 그들을 그냥 둔다는 말이오?"

"정파가 있든 없든 무슨 상관인가? 남의 물건을 가로채고 사람의 인명을 뺏어가는 산적들이긴 하지만 그들은 무공이 거의 없는 사람들이네. 그런 사람들을 풍운회가 토벌하겠나? 강호의 질서를 어지럽힐 정도라면 그들이 나서겠지만 산적들도 그 정도로 가혹하게 행동하지는 않네. 일단 풍운회보다 관군이 먼저 몰려올 테니 말일세."

"그렇군."

장권호는 고개를 끄덕였다.

"보통 이런 일은 그냥 조용히 따라가면 그만이네. 산적들을 만나도 어차피 돈으로 해결할 테고…… 그들도 적당한 금액을 받으면 그냥 가라 할 것이네."

"그럼 호위도 필요 없지 않소?"

"혹시 모를 만약을 위해서 필요한 것이지."

최길은 당연하다는 듯 대답했다.

"하긴……."

장권호는 최길의 말을 이해했다. 아무리 이야기를 하고 돈으로 해결한다 해도 산적은 어디까지나 산적이었다. 그들이 마음을 바꿔 상단을 공격한다면 어쩔 수 없이 유혈 사태가 일어날 것이다.

하지만 산적들도 머리가 있기에 산적질을 한 번 하고 그만둘 생각이 없는 이상 그런 큰 싸움은 일어나지 않을 것이라고 여겼다.

해가 중천에 떠오르자 대별산 기슭에 도착한 상단은 여동의 명에 따라 부지런히 움직여 불을 지피고 점심 식사를 준비했다.

그 분주한 움직임 사이로 장권호는 그늘을 찾아 앉았다.

장권호가 앉아 있는 나무 그늘에서 한참 떨어진 곳에 자리를 마련한 여동은 두 명의 호위와 함께 있었다. 그의 앞에는 술과 고기로 이루어진 식사가 준비되어 있었는데, 상단의 책임자이다 보니 좋은 식사를 하는 모양이었다.

"녀석은?"

"최길과 밥을 먹고 있습니다. 최길을 붙여두길 잘한 것 같습니다."

호위무사 중 왼편에 앉은, 조금 큰 키에 인상이 험악한 아몽이 말하자 여동은 고개를 끄덕였다.

"인상에 비해 넉살이 좋은 녀석이니 잘하겠지."

여동의 말에 아몽의 옆에 앉은 이십 대 중반의 무방이 입을 열었다.

"일단 최길과 함께하니 큰 걱정은 없을 것입니다."

"그렇게 해야지…… 최대한 다른 사람들과의 접촉을 피하게 하게. 쓸데없는 말을 많이 하는 것도 좋지 않으니까."

"알겠습니다."

무방의 대답에 여동은 술을 한 모금 마신 후 다시 말했다.

"이번 일에 실수가 있어선 안 되네. 연락은?"

"그쪽도 이미 준비를 끝낸 상태라고 합니다."

"그래…… 이제 최대한 녀석이 방심하게 만드는 일만 남았군……."

여동의 낮은 목소리에 아몽과 무방이 미미하게 고개를 끄덕였다.

"하하하하!"

호탕하게 웃는 사내들의 웃음소리가 어두운 하늘 사이로 울렸다. 꽤 넓고 평평한 곳에 자리를 잡고 앉아 술을 마시며 떠드는 사람들은 장권호와 함께 움직이는 상단의 이들이었다.

그들은 노숙을 하기 위해 자리를 만들었고, 여기저기 타오르는 모닥불 사이에 모여 앉아 웃음소리를 이어갔다.

장권호도 모닥불 사이에 앉아 식사를 하고 있었다. 그의 옆에는 최길이 앉아 식사 중이었다.

주변에 앉은 다른 사람들의 말소리와 웃음소리가 귀에 들어왔지만 장권호는 크게 신경 쓰지 않았다. 하지만 최길은 재미있는지 사람들과 어울렸다.

십여 개의 모닥불이 밝혀져 있었지만 사람들은 크게 두 부류로 나뉘어 있었다. 상단의 일꾼과 호위하는 무사들이었다.

장권호는 당연히 호위하는 무사들 사이에 껴서 앉아 있었다. 모두 처음 보는 사람들이었기에 조금 어색한 감도 없지 않아 있었지만 하루가 지난 지금은 어느 정도 그러한 어색함도 풀려 있는 상태였다.

"내가 그 다섯 명을 상대할 때 얼마나 긴장했는지 아나? 정말 죽는 줄 알았네. 그런데 운이 좋게도 그날따라 몸이 너무 가벼운 거야. 그 덕에 다섯 명을 모두 저세상으로 보내버렸지. 물론 나도 무사하진 못했네. 여기 이 목에 난 상처 있지? 이게 그때 생긴 것이네."

지금 말을 하는 자는 삼십 대 초반의 강소방이란 인물로, 상당히 거친 인상에 상처도 많았다. 그는 자신의 목에 난 흉터를 보여주며 득의양양한 눈빛을 사람들에게 던졌다.

"소주의 그 오귀를 정리한 사람이 당신이었군. 대단해."

최길이 강소방을 추어올려주자 강소방은 어깨를 한 번 으쓱하고는 최길에게 술잔을 내밀었다. 자신의 무용담을 칭찬해주니 기분이 좋을 수밖에 없었다.

"나를 알아주니 고맙군, 한 잔 하게나."

"그러지."

최길은 술을 받으며 고개를 끄덕였다.

장권호가 곧 자리에서 일어나 조금 뒤로 물러가자 최길이 고개를 돌려 물었다.

"벌써 자려는 건가?"

"지금 자야 일찍 일어날 게 아닌가? 이만 자겠네."

"좋은 꿈꾸게."

최길의 말에 장권호는 고개를 끄덕이곤 요를 덮고 잠을 청했다.

잠이 들기 전까지 사람들의 말소리와 웃음소리가 끝없이 귓가를 간질였다.

사람들과 함께 대별산을 넘는 일은 그리 나쁜 일이 아니었다. 사람들의 대화가 심심함을 달래주었기 때문이다.

"이번에 귀문과 풍운회의 싸움은 어떻게 될 거 같은가?"

최길의 물음에 옆에서 걷던 강소방이 당연하다는 듯 말했
다.

"풍운회가 이기지 않겠나? 귀문주가 죽은 귀문은 귀문이
아니지. 더욱이 귀문주가 죽고 나자 귀문에게 불만을 가지고
있던 문파들이 풍운회에 귀속된 모양이네. 그러니 내우외환
(內憂外患)이 귀문을 덮친 격이지. 힘들 거야."

"아무래도 그렇겠지……. 그것보다 귀문주의 딸이 그렇게
미인이라는데 불쌍하게 됐군. 지 아비가 죽고 나서 창녀처럼
버려졌다는데……."

최길의 말에 장권호의 표정이 굳어졌다. 전혀 생각지도 못
한 말을 옆에서 했기 때문이다. 문득 추소령의 얼굴이 떠올
랐다. 그녀에게 나쁜 감정은 없건만, 결국 자신 때문에 피해
를 보았다는 생각이 들었다.

"수정궁에 끌려갔다는 소문도 있네. 수정궁주가 친어미는
아니어도, 그래도 어미가 아닌가? 그러니 수정궁주가 거두
었겠지."

강소방의 말을 들은 최길이 고개를 저으며 말했다.

"내가 듣기로 수정궁주는 귀문주의 첩들을 모두 죽였다고
하네. 그런 사람이 그 딸을 가만히 두었겠나? 분명 하녀로
삼거나 창녀로 팔았을 거네."

"저런……. 그럴 수도 있겠군."

최길과 강소방의 대화에 장권호는 눈살을 찌푸렸다.

'내가 뿌린 씨앗인가…….'

문득 책임이란 것이 떠올랐다. 사람이 죽게 되면 그 죽음에 대한 책임이 생긴다는 것을 떠올린 것이다.

추야장의 죽음은 자결이었으나 결국 자신 때문에 죽었다고 볼 수 있었다. 그의 죽음과 자신은 아무리 부정해도 깊은 관계가 있었고, 추소령은 그 피해자였다.

'창녀라…….'

장권호는 씁쓸히 고개를 저으며 최길에게 물었다.

"귀문에 대해 잘 아는 모양이오?"

장권호가 물어오자 최길은 눈을 반짝였다. 그가 먼저 이렇게 무언가를 묻기는 처음이었기 때문이다.

"많이 아는 게 아니라 이미 알려진 소문일세."

"죽은 귀문주의 딸은 어떻게 된 것이오? 창녀가 되었다는 말이 사실이오?"

"확신할 수는 없지만 다들 그렇게 예상하고 있다네."

"그게 말이 되는 소리요? 아무리 죽었어도 귀문주의 딸이 아니오? 귀문주의 제자들도 있을 터인데 그들이 그렇게 되도록 가만 놔두겠소?"

장권호가 말이 안 된다는 표정으로 말하자 최길이 고개를 저었다.

"귀문은 사파네. 그러니 귀문주의 제자들은 귀문주가 죽은 뒤 귀문주의 자리를 놓고 다투다 거의 죽었다고 하네. 살아남은 사람은 이문성뿐인데…… 그 어린놈이 귀문주가 될 수 있겠나? 지금 한창 귀문주의 자리를 놓고 권력 암투 중이니 그런 가운데 가장 성가신 존재가 바로 그 귀문주의 여식일 걸세."

장권호는 최길의 말에 고개를 끄덕였다.

최길이 다시 말을 이었다.

"그런 여자를 가만히 놔두겠나? 분명 서로 차지하려 하겠지……. 죽은 귀문주의 여식과 혼인을 하게 된다면 귀문주의 자리에 앉게 될 테니 말일세."

"음…… 확실히 명분이 생길 것이오."

"그런데 그러고 싶은 사람이 어디 한둘인가? 그러니 차라리 그냥 없어지는 게 낫다고 생각하는 것이네. 결국 수정궁에서 귀문의 문주가 정해지기 전까지 뒤를 봐주기로 하고 데려갔다고 하네."

"그럼 잘된 것 아니오?"

"말이 되는 소리를 하게나. 수정궁주와 귀문주가 부부 사이이긴 해도 그건 어디까지나 둘 사이의 관계지, 그 자식들까지는 아니네. 수정궁주의 딸은 한 명뿐인데 친자식도 아닌 여식을 데려다가 곱게 키울 것 같은가?"

"음……."

장권호는 최길의 말에 침음했다. 그의 말처럼 곱게 키울 것 같지가 않았다. 더욱이 수정궁주는 강호에서 가장 독한 여자라고 소문이 나 있었다.

　"귀문의 무서움은 사실 죽은 귀문주가 수정궁주와 부부 사이라는 점에서 더욱 힘을 발휘한 것이었지. 귀문과의 싸움엔 수정궁도 포함되는 것이나 마찬가지이니 둘을 상대로 싸워야 했던 것이네. 하지만 귀문주가 죽은 지금 수정궁은 풍운회와의 싸움에 말려들 이유가 없네. 굳이 손해를 보면서까지 귀문을 위해 싸울 명분이 수정궁에는 없다는 말이지."

　"알겠소."

　최길의 설명을 들은 장권호는 대충 고개를 끄덕였다. 더 이상 들을 필요가 없다고 여겼기 때문이다.

　"그런데 자네는 귀문에 관심이 많은 모양이야?"

　"그냥 강호의 소문이 궁금했을 뿐이오."

　두 사람의 얘기를 듣고 있던 강소방이 옆에서 끼어들며 한 마디를 거들었다.

　"귀문과 풍운회가 싸우는 이상 강북엔 한동안 피바람이 불 것이네. 먹고살기도 힘든데 괜한 싸움에 말려들어 개죽음을 당하는 것보다 편하게 돈을 벌면서 먹고사는 게 낫지. 그래서 나도 강남에 가는 거지만."

　"당연하지."

　최길이 강소방의 말에 동의하며 미소 지었다. 강남은 지금

의 강북보다 훨씬 안전하면서도 편한 일자리가 많았기 때문
이다.

*　　　*　　　*

꽤 넓은 실내에 있는 거라곤 벽에 걸린 유등 하나뿐이었
다. 창문도 없고 이렇다 할 물건도 없는 실내에 이십 대 초반
의 여자가 백의를 입은 채 앉아 있었다.

그녀는 긴 흑발을 늘어뜨린 채 눈을 감고 운기조식을 하는
것처럼 보였다.

얼마 지나지 않아 눈을 뜬 그녀는 신광이 번뜩이는 눈동자
로 문 쪽을 바라보았다.

"누구지?"

"흥!"

그녀의 날카로운 목소리에 오히려 콧방귀를 흘리며 들어
오는 화려한 붉은 궁장의의 여인이 있었다. 여인은 상당히
불만스럽다는 표정으로 싸늘하게 앉아 있는 여자를 쳐다보
았다.

여인의 등장에 앉아 있던 여자의 눈동자가 살짝 흔들렸다.
마음의 동요가 일어났기 때문이다. 지금 들어온 인물은 그녀
에게 충분히 동요를 줄 만한 인물이었다.

"언니군요."

추소령의 말에 추소려의 볼살이 살짝 실룩였다. 마음에 안들었기 때문이다.

"언니라는 소리 그만하지. 우린 피를 나눈 자매가 아니니까."

"그래도 아비는 한 사람이에요."

"그 주둥이는 여전하군. 어릴 때나, 지금이나……."

슥!

눈을 반짝이며 가까이 다가온 추소려는 발을 들어 발바닥으로 추소령의 안면을 밟으려 했다. 하지만 그녀의 눈동자는 단 한 점의 흔들림도 없이 추소려를 바라보고 있었다.

그 시선에 추소려가 아미를 살짝 찡그리더니 이내 발을 내렸다. 추소령의 수련을 방해했다는 소리가 어머니인 제선선의 귀에 들어가면 좋지 못한 소리를 들을 게 분명했기 때문이다.

"무슨 일인가요?"

추소령의 물음에 추소려는 방 안을 한 바퀴 둘러보며 말했다.

"잘 지내는지 궁금해서 온 것뿐이야."

"얼마나 수련을 했는지 궁금한 게 아니고요?"

"뭐…… 그것도 있지."

추소려가 고개를 끄덕였다.

"제가 강해지는 게 두려운 모양이군요?"

"훗!"

그 말에 코웃음을 날린 추소려는 이내 싸늘한 살기를 보이며 말했다.

"네가 아무리 수련한다 해도 과연 나를 이길 수 있을까?"

"모르지요."

추소령이 낮은 목소리로 답했다.

추소려는 그녀의 도발적인 말에 화가 나기도 했지만 이내 차가운 미소를 보였다.

"아버지는 늘 너만 감쌌지……. 그게 마음에 안 들었어."

"아버지의 미움을 받게 된 것은 모두 언니가 자초한 일이에요."

"어떤 부모가 자식을 옥에 가두지? 내가 너를 마음에 안 들어 하는 이유가 무엇인지 알아? 모르겠지……. 후후."

추소려의 말에 추소령은 눈을 반짝이며 다음 말을 기다렸다. 어떤 이유인지 정말 궁금했기 때문이다.

추소려가 곧 살기를 보이며 말했다.

"내가 옥에 갇히던 날 네년은 아버지의 품에서 웃고 있었어. 옥에 갇히는 나를 보면서……. 그게…… 내 머릿속에서 떠나지를 않아. 후후……."

추소령은 그녀의 말에 침묵했다. 자신은 기억도 안 나는 일이었고, 그런 일이 있었는지도 몰랐다.

"그런데도 나는 네년을 죽이지 않았어. 옥에서 나가면 죽이려 했거든……. 그런데 수정궁에 오면서 너와의 재회를 뒤로 미루어야 했다."

"그래서 오늘 저를 죽이겠다는 말인가요?"

추소려는 어이없다는 표정으로 눈을 크게 뜨며 추소령의 얼굴을 바라보았다.

"바보 아니니? 내가 너를 죽이면 나는? 어머니는 좋은 사람이지만 화가 나면 정말 무서운 사람이야. 그걸 모르지는 않겠지? 그런데 어머니의 화를 당하라고? 그럴 일은 없으니 걱정하지 마. 솔직히 죽이고 싶을 정도로 미운 년이긴 하지. 하지만 지금은 조금 달라."

그녀의 말에 추소령은 의문을 품었다.

"무슨 말인지 도통 모르겠군요. 저를 죽이고 싶지만 어머니 때문에 못 죽인다는 말인가요?"

"반만."

추소려는 그렇게 말한 후 신형을 돌렸다.

"네년은 밉지만 아버지는 안 미워했거든……. 그것뿐이야. 어머니는 나를 좋아하지만 안아준 적이 없어. 하지만 아버지는 달랐다……."

추소려는 조금 쓸쓸한 표정으로 고개를 저었다. 어릴 때 자신을 안아주었던 추야장의 품이 아직도 느껴지는 것 같았다. 그녀에게 있어 가장 기분 좋고 즐거운 추억이었다.

곧 그녀는 차가운 눈동자로 추소령에게 말했다.

"아버지의 딸로서 그 자식을 죽일 거다. 복수를 해야지. 그 말을 하러 왔어."

"혼자 가지 마세요!"

추소령이 자리에서 벌떡 일어나 크게 말하자 추소려는 신형을 돌렸다. 키도 비슷하고 생김새도 닮은 두 사람의 눈동자가 허공에 얽혔다.

추소려가 차가운 미소를 보이며 말했다.

"같이 하자는 것이니?"

추소령이 한광을 번뜩이며 대답했다.

"그 자식은 제가 죽일 거예요."

"누가 죽이든 그 자식을 죽여야 이 원한이 풀리겠지."

"절대 혼자 상대할 수 있는 놈이 아니에요."

"알아."

추소령의 말에 추소려는 고개를 끄덕였다.

"제가 나갈 때까지 기다려주세요."

"오래는 못 기다려. 내 인내심은 그렇게 많은 편이 아니니까."

"알겠어요."

"좋아."

추소려가 다시 차갑게 말을 이었다.

"복수에 한해서만 네년을 인정해주지."

추소령은 그 말에 고개를 끄덕였다.

그것을 본 추소려는 차가운 미소만을 남긴 채 밖으로 나갔다.

그녀가 나가자 다시 고요한 공기가 주변을 맴돌았다.

추소령은 자리에 앉아 복수의 대상을 떠올렸다.

'장권호······.'

저도 모르게 가슴이 뜨겁게 타오르는 기분을 느꼈다. 그리고 처음으로 무공 수련에 목숨을 걸게 되었다.

*　　*　　*

대별산에 들어온 지 삼 일은 지난 것 같았다. 산길이라 그런지 이동이 느릴 수밖에 없었지만 사람들은 여전히 활기찬 표정을 보이고 있었다.

해가 머리 위에 떠올라 있을 때, 작은 계곡물이 길옆에 흐르는 것을 본 여동이 잠시 휴식을 명했다. 그에 사람들은 나무 그늘 사이로 들어가 앉거나 길옆의 계곡에 들어가 세수를 하며 휴식을 취했다.

장권호 역시 나무 그늘에 앉아 휴식을 취했다. 사실 그렇게 힘든 것도 없었지만 다른 사람들과 함께 행동해야 했기에 평범함을 가장하였다.

스슥!

계곡의 반대편에서 무기를 든 일단의 사람들이 모습을 보였다.

그들의 갑작스러운 등장에 휴식을 취하던 사람들이 놀란 표정으로 자리에서 일어섰다.

이내 앞에서도 십여 명의 산적들이 모습을 보였고, 뒤쪽 역시 십여 명의 산적들이 길을 막고 서 있었다. 계곡 쪽에 있던 산적들 또한 이십여 명으로, 무식하게 생긴 여러 무기들을 손에 들고 있었다.

일꾼들은 마차와 수레 주변으로 모였고, 호위무사들이 그 주변에 서서 사방을 경계했다.

그 가운데 여동이 앞으로 나서자 길 앞을 막은 산적 중 큰 키에 커다란 대감도를 손에 든 인물이 앞으로 나왔다.

장권호는 계곡 쪽의 산적들을 바라보며 서 있었다. 호위무사들 중 가운데 마차 사이에 서 있었기에 앞과 뒤는 다른 사람들이 보고 있었다.

"일이 꼬이는군."

"왜 그러지?"

장권호가 묻자 최길이 말했다.

"여기를 지나간 적이 몇 번 있는데 저놈은 처음 보는 놈이야……."

최길이 슬쩍 선두의 두목처럼 보이는 산적에게 시선을 던졌다.

장권호도 그를 향해 시선을 주었다.

"이걸로는 안 돼!"

사자의 포효 같은 우렁찬 소리가 울렸다.

차창!

큰 소리와 함께 산적들이 무기를 손에 쥐며 살기등등한 표정으로 조금씩 다가왔다.

그 모습에 장권호의 안색이 바뀌었다.

"겨우 이걸로 우리 산채의 식구들을 먹여 살리라는 것이냐?"

돈주머니를 받아 쥔 산적 두목이 더욱 크게 외쳤다.

여동은 고개를 숙이며 안절부절못한 모습으로 어깨를 떨었다. 산적의 수에 비해 이쪽 무사들의 수가 너무 적었다.

"되돌아올 때 나머지를 드리겠소. 그러니 그냥 가게 해주시오."

"미친놈! 쳐라! 그냥 다 뺏어버려!"

"우와아아!"

순간 큰 함성과 함께 산적들이 달려 들어왔고, 장권호는 한 발 앞으로 나섰다.

그 순간 등 뒤에서 차가운 감촉이 전해져왔다.

"……!"

장권호의 눈동자가 커졌으며, 본능적으로 몸을 비틀었다.

쿠당!

최길은 장권호가 몸을 비틀 때 충격을 받았는지 튕겨나가 마차에 부딪혔다.

"큭!"

신음성을 한 번 뱉어낸 그는 이내 고개를 몇 번 흔들다 흙먼지를 털고 자리에서 일어섰다. 그런 최길의 시선이 장권호의 옆구리에 박힌 자신의 검으로 향했다.

"이게…… 무슨 짓이야."

장권호는 굳은 표정으로 일어선 최길을 바라보았다.

그 순간 주변 공기가 삽시간에 변하더니 달려들던 산적들도 걸음을 멈추었고, 마차에 몰려서 있던 일꾼들도 마치 전혀 다른 사람처럼 순식간에 살기를 드리웠다. 또한 앞에 있던 여동 역시 계곡의 바위 위에 서서 장권호를 노려보았다. 그 옆엔 그를 향해 좀 전까지 크게 고함을 치던 산적 두목이 서 있었다.

장권호는 이게 어떻게 된 일인지 아직 머릿속에 들어오지 않았다. 삽시간에 모든 상황이 마치 거짓말처럼 변한 것이다. 하지만 옆구리에 박힌 최길의 검이 이 모든 게 거짓이 아닌 현실이라고 말해주었다. 고통은 거짓을 말하지 않는다.

"멍청한 건지……. 후후."

"……!"

최길이 목을 돌리며 살기를 보이고는 말했다.

"역시 대단해……. 하하하! 귀문주를 죽였다더니 사실인가 보군. 크크…… 설마 피할 줄은 몰랐거든. 그런데 피하다니……. 재수 없게도 실패를 했네. 하하하!"

실패했다고 말하면서도 최길은 크게 웃었다. 치명상을 입히지는 못했지만 옆구리에 검이 박힌 채 이 많은 사람들과 싸워 이길 수는 없다고 생각했기 때문이다.

곧 그는 웃음을 멈추었다.

"귀문주를 죽일 실력이니 이 정도는 예상했지. 이들은 내가 실패할 경우 네놈을 죽일 사람들이다."

"나를 노렸다고?"

장권호는 여전히 믿지 못하겠다는 표정으로 사람들을 둘러보았다. 지금까지 자신과 함께 밥을 먹고 떠들던 사람들의 표정이 마치 만들어놓은 인형처럼 똑같은 얼굴로 살기를 보이고 있었다. 그러한 정경이 너무도 섬뜩하게 다가왔다.

그때 여동의 목소리가 들려왔다.

"네놈을 노렸지."

장권호는 경직된 표정으로 신형을 돌려 여동을 바라보았다.

여동은 장권호가 평소와 달리 긴장했다는 것에 미소를 보였다. 무엇보다 옆구리에 박힌 검이 마음에 들었다. 저렇게 큰 부상이면 오래 못 가 쓰러질 게 뻔하였기 때문이다.

"후후, 순진한 놈 같으니라고……. 이렇게 잘 속아줄 거라곤 생각지도 못했는데 너무 싱겁게 속아주는군. 강호의 무서움도 모르는 철부지 애송이 주제에…… 무공 하나만 믿고 까

부는 네놈의 모습이 마치 무서운 줄도 모르고 범에게 덤비는 하룻강아지 같구나."

장권호는 여동의 말에 살짝 인상을 찡그리다 옆구리의 검을 뽑았다. 검이 뽑힘과 동시에 피가 튀자 재빠르게 소매를 뜯어 옆구리를 강하게 묶고는 여동에게 시선을 던졌다.

"네놈들은 누구지?"

"알 거 없네."

"칭찬하려고 한 것이야……. 나 하나를 잡기 위해 지금까지 연기를 하고 있었다는 것에 대단히 놀랐으니까."

"후후후."

여동은 그 말에 웃음을 흘렸다.

사실 장권호는 강호에 나와 처음으로 간담이 서늘해지는 경험을 하고 있는 중이었다. 이런 경험은 태어나서 처음이었다. 자신을 죽이기 위해 이 많은 사람들이 지난 며칠간 연극을 했다는 것에 솜털이 바짝 서는 기분을 느꼈다.

"이렇게까지 치밀하게 덫을 짜는 조직이 있다니…… 놀랍군."

"우린 돈이 되는 일이라면 어떤 짓이라도 하지. 사람을 한 명 죽이기 위해 길게는 일 년도 넘게 덫을 만들어놓기도 하고."

"마치 거미 같은 놈들이로군."

"하하하하하!"

여동이 그 말에 크게 웃었다. 자신들을 지칭하는 말이 바로 거미였기 때문이다.

여동은 마치 거미줄에 묶인 곤충을 보듯 장권호를 바라보았다. 장권호가 언제든지 자신이 먹고 싶을 때 먹을 수 있는 죽은 곤충처럼 보인 것이다.

"우리의 거미줄에 걸려 살아나간 놈은 단 한 명도 없었다. 네놈도 곧 차가운 시신이 되겠지. 자…… 마지막으로 할 말이 있는가? 내 선심 써서 한 가지는 들어주지."

장권호는 주저 없이 물었다.

"누가 시켰지?"

"하늘."

여동의 짧고 간단한 대답에 장권호는 고개를 끄덕이며 천천히 말했다.

"그거 아나? 거미줄은 곤충만 잡을 수 있다는 것을 말이야……. 호랑이가 거미줄에 걸리는 일은 없어."

"웃기는 놈이로군. 착각을 해도 유분수지. 쳐라!"

여동이 어이없다는 듯 말하며 손을 들어 외치자 바로 옆에 있던 강소방이 번개처럼 빠르게 장권호의 허리를 도로 잘랐다.

횡!

공기를 가르는 도의 날카로운 소성 소리가 빠르게 울렸다.

장권호는 날아드는 강소방과 그의 도를 보며 군더더기 하나 없는 그 움직임에 놀라움을 금치 못했다. 하지만 발은 본능처럼 강소방의 품으로 한 발 다가갔다.

빡!

"컥!"

강소방이 뒤로 삼 장이나 튕겨나가 바닥을 나뒹굴었다. 그의 목은 돌아가 있는 상태였고, 얼굴은 절반쯤 함몰되어 있었다. 장권호의 주먹에 안면을 가격당한 것이다.

장권호는 곧 여동을 바라보며 말했다.

"내가 놀란 것은 사실이나…… 그것뿐이다."

슥!

그의 신형이 번개처럼 옆으로 움직이더니 어느새 왼손으로 최길의 목을 잡았다.

"……!"

순간 최길의 눈이 부릅떠졌다. 자신에게 나타날 줄은 생각도 못했기 때문이다.

장권호는 최길을 들어 올리며 사납게 그를 노려보았다.

장권호의 거대한 살기와 강렬한 투기에 최길의 표정이 굳어졌다.

"처음부터 나를 죽일 생각이었군?"

"그랬지……."

목을 잡힌 최길의 목소리는 잠겨 있었다.

장권호는 곧 오른손의 수도로 최길의 관자놀이를 살짝 쳤다.

팍!

"컥!"

최길의 눈이 돌아가더니 이내 바닥에 쓰러졌다.

그의 주변으로 약간의 시간차를 두고 네 명의 살수들이 달려들었다.

장권호의 손이 묵도와 묵검의 손잡이를 잡자 어느 순간 그의 주변으로 검은빛이 번뜩였다.

빠바박!

한순간에 네 명의 살수들이 모두 목이 부러진 채 바닥에 쓰러졌다. 장권호가 양손으로 달려드는 살수들의 목을 빠르게 가격한 것이다. 그들의 공격보다 빠르니 당연히 살수들이 쓰러질 수밖에 없었다. 지금의 초식은 양초랑의 도법을 조금 흉내 낸 것이었다.

"이제 생각이 났군."

장권호는 상대의 정체를 파악한 듯 다시 말했다.

"소문은 들었다. 강호에서 네놈들처럼 연기로 사람을 현혹시켜 죽이는 놈들이 있다는 것을……. 사람들은 그런 집단을 살문(殺門)이라 부르더군."

장권호의 말에 여동이 비릿한 조소를 그렸다.

"그럼 오늘이 네놈의 제삿날이라는 것도 알겠군."

"글쎄……."

장권호는 주변을 둘러보며 낮게 중얼거렸다. 살문의 소문이 사실이라면 이들은 지금 자신을 완벽한 함정에 빠트렸다고 생각할 것이다. 그렇기 때문에 이빨을 드러낸 것이다.

살문의 특성상 그들은 상대를 완전하게 제압할 수 있다고 판단할 때 모습을 보인다. 내 아내가 살수일 수도 있고, 내 남편이 살수일 수도 있다. 내 옆집의 이웃도, 집에서 일을 하는 하녀들도 살수가 된다. 또한 자신이 가르치던 제자가 살수일 수도 있다.

그것이 살문이었다. 단지 이들은 자신을 상대함에 있어 어떤 접점이 없었기에 이렇게 모습을 보인 것이란 생각이 들었다.

쉬쉭!

바람 소리와 함께 강소방이 박도를 들고 낮게 다리를 잘라왔다.

장권호는 왼손의 묵도를 들어 강소방을 가볍게 찔렀다.

팟!

묵빛 도기가 자신의 이마를 찌르자 강소방은 재빨리 신형을 비틀어 장권호의 다리를 잘랐다.

계속되는 강소방의 공격에 살짝 눈을 빛낸 장권호는 재빨리 오른손을 들어 그의 머리를 잘랐다.

팍!

번개처럼 우검이 땅바닥을 때렸다. 어느새 강소방은 뒤로 돌아 장권호의 뒤통수를 내리찍고 있었다.

그의 빠른 행동에 장권호는 그 자리에서 몸을 돌렸다.

마치 처음부터 뒤를 보고 있었던 사람처럼 장권호의 얼굴이 자신의 눈앞에 나타나자 강소방은 놀란 표정으로 눈을 크게 떴다. 하지만 내리치는 지금의 힘을 멈출 수는 없었다. 이미 박도의 끝이 장권호의 이마에 닿고 있었다.

퍽!

"크악!"

강소방은 배에서 피를 뿌리며 뒤로 튕겨나갔다.

분명 강소방이 장권호를 자른 것처럼 보였는데 오히려 튕겨나가자 모두 놀랄 수밖에 없었다. 도대체 어떻게 한 것인지 그 모습조차 볼 수 없었기 때문이다.

장권호는 그저 가볍게 강소방의 배에 우검을 찔렀을 뿐이다. 단지 그 움직임이 너무 빨라 아무도 못 보았다는 것이 문제였다.

"묶어라!"

여동의 외침에 산적들의 손에 들린 쇠사슬이 허공을 날았다.

장권호는 재빨리 좌도와 우검으로 쇠사슬을 쳐냈다.

따다당!

금속음이 요란하게 울리고 장권호의 발이 빠르게 움직였다.

하지만 쇠사슬을 피하는 그의 모습을 가만히 보고만 있을 사람들이 아니었다.

슈아악!

여동의 호위로 위장한 무방의 손에서 작은 손도끼가 허공을 날아 장권호의 안면으로 향했다.

그 도끼에 담긴 강력한 힘을 느낀 장권호는 좌도를 들어 튕겨내었다.

땅!

"크악!"

도끼가 장권호의 손에서 튕겨나가 옆에 서 있던 살수의 가슴을 찍었다.

그 찰나의 순간, 장권호의 전신으로 쇠사슬이 감겼다. 아주 짧은 틈에 이루어진 일이었다.

온몸을 조이는 쇠사슬의 차가운 감촉을 느낀 장권호는 네 명의 장한들이 사방에서 힘을 주고 서 있는 모습을 보았다. 장정 넷의 힘이 쇠사슬을 조여오자 움직이지도 못하고 마치 허수아비처럼 서 있을 수밖에 없었다.

무방이 한 걸음 앞으로 나섰다. 그의 손에는 날카롭게 빛을 발하는 유엽도가 들려 있었다.

그는 천천히 유엽도를 위로 들어 올렸다.

"그 목, 잘 가져가마."

쉭!

무방은 망설임도 없이 장권호의 목을 쳤다.

팍!

마치 도끼로 나무를 찍듯 장권호의 목을 찍은 무방은 자신도 모르게 눈을 부릅뜨며 뒤로 한 발 물러섰다. 목이 잘려야 정상이건만 장권호의 목은 여전히 그대로 있고 오히려 자신의 유엽도가 부러져버렸기 때문이다.

"……!"

"이럴 수가……."

"헉!"

여기저기서 말도 안 된다는 표정으로 장권호를 쳐다보았다. 멀리 서 있던 여동 역시 믿을 수 없다는 눈빛이었다.

있을 수 없는 일이었다. 무방은 커다란 나무조차도 단 일격에 잘라버리는, 일류에 속하는 고수였다. 한데 그런 그의 도를 장권호가 마치 장난감처럼 받아넘긴 것이다.

"금…… 금강불괴(金剛不壞)!"

믿을 수 없다는 듯 무방이 외쳤다. 자신의 눈으로 보고도 믿지 못할 상황이 일어났기 때문이다.

"고작 그 정도로 나의 목을 자를 수 있다고 생각한 모양이군."

장권호는 어이없다는 듯 무방을 바라보다 이내 팔에 힘을 주었다. 그러자 온몸을 감았던 쇠사슬이 마치 엿가락처럼 힘없이 조각나버렸다.

따다당!

쇠사슬이 이제는 쇳조각이 되어 바닥에 널브러지자 모두의 눈이 부릅떠졌다.

장권호는 그런 사람들을 한 번 둘러보더니 이내 무방을 향해 한 걸음 나섰고, 동시에 좌도를 앞으로 뻗었다.

퍽!

"킥!"

무방의 이마에 피가 튀더니 이내 바닥으로 쓰러졌다.

크게 놀라 있는 그였기에 장권호의 일격이 어떻게 날아오는지조차 보지 못한 채 쓰러진 것이다.

"이제 그만하는 게 어때?"

장권호가 여동을 바라보며 묻자 여동은 놀란 정신을 수습하곤 이내 싸늘한 표정으로 말했다.

"네놈이 아무리 금강불괴의 몸이라 해도 이곳에서 죽는다는 사실은 변함이 없다. 쳐라!"

여동의 외침에 사람들이 주춤거렸다. 좀 전에 보여준 그의 무력(武力) 때문이다. 목을 잘랐는데 베인 흔적조차 남기지 않는 인물이었다. 그런 사람을 상대로 과연 자신들이 들고 있는 무기가 통할까? 그런 의문이 드는 것은 당연한 일이었다.

쉭!

장권호가 먼저 움직였다. 그는 가장 가까이에 있는 세 명의 앞으로 다가가 가볍게 좌도를 움직이며 그들의 어깨를 번갈아 찍었다.

"크악!"

비명과 함께 양어깨가 축 늘어진 세 명이 바닥에 주저앉았다. 단 한 번에 양팔을 못 쓰게 만든 것이다.

곧 그는 신형을 돌려 옆에 있던 세 명의 허리를 우검의 검면으로 가격했다.

퍼퍼퍽!

검면으로 가볍게 쳤을 뿐인데도 세 명은 갈비뼈가 부러지는 충격과 함께 바닥에 쓰러졌다. 비명조차 지르지 못하고 쓰러진 그들은 전부 기절한 상태였다.

"으압!"

외침과 함께 장권호의 뒤로 무방이 날아들었다.

그의 박도가 날카로운 빛과 함께 뒤통수를 베어오자 장권호는 몸을 돌려 무방을 향해 좌도를 횡으로 쳤다.

퍼퍽!

"크아악!"

무방이 비명과 함께 나가떨어졌다. 그의 손에 들려 있던 박도도 산산이 조각난 상태였다. 어느새 그가 들고 있던 박도를 조각내고 가슴까지 베어버린 것이다.

그 모습에 다시 한 번 사람들의 표정이 굳어졌고, 장권호의 기세는 더더욱 강해졌다.

"으아압!"

"하압."

기합성을 내지른 네 명의 살수들이 일제히 무기를 들고 달려들었다. 그들의 표정은 이미 죽음을 각오한 상태였다.

장권호는 다가오는 그들을 향해 다시 한 번 파쇄공의 공력을 도에 담아 횡으로 베어버렸다.

퍼퍽!

"크악!"

비명과 함께 산산이 조각난 자신들의 무기를 눈으로 확인하며 살수들이 쓰러졌다. 그들의 주변으로 피가 흘러내렸지만 죽지는 않은 듯 숨을 몰아쉬고 있었다. 단지 너무 큰 충격이 전신을 강타했기에 기절해버린 것이다.

"살아서 돌아가도 어차피 죽음뿐이다! 이곳에서 죽으나 돌아가서 죽으나 우리에게 뒤란 없다! 쳐라!"

여동이 미친 듯이 악을 쓰며 외치자 사방을 포위했던 살수들의 눈빛에 다시 살기가 감돌기 시작했다. 여동의 말처럼 임무를 실패한 그들이 돌아갈 곳은 어디에도 없었다.

쉬쉬쉭!

날카로운 소성과 함께 아까와는 다른 쾌속하고 빠른 살수들의 검과 도들이 날아들었다. 모두 동귀어진을 각오한 필사(必死)의 움직임이었고, 뒤는 없어 보였다.

장권호는 눈을 반짝이며 가볍게 발을 움직여 그들의 공세를 피했다. 물론 그의 좌도와 우검 또한 가만히 있지 않았다.

퍼퍼픽!

그들을 지나친 장권호의 주변에 묵빛이 번뜩이며 그들의 허리와 명치를 찍었다.

털썩! 털썩!

장권호가 지나친 뒤 바닥에 쓰러진 그들의 입에선 비명조차 나오지 않았다.

쉬악!

머리 위로 세 명의 살수가 날아올랐다. 그리고 사방에서 네 명의 살수가 마치 손발이라도 맞춘 듯 약간의 시간차를 두고 덮쳐왔다.

장권호의 전신에서 강력한 투기가 휘몰아쳤다.

"어리석은 놈들⋯⋯."

핏!

장권호의 신형이 마치 연기처럼 그 자리에서 사라졌다.

"헉!"

그의 신형이 눈앞에서 사라지자 달려들던 살수들의 표정이 굳어졌다.

그 순간 허공중에 떠 있던 세 명은 자신들의 머리 위에서 느껴지는 강력한 기운에 고개를 들었다.

그곳에 장권호가 있었다.

"헉!"

그들은 놀라움에 눈을 부릅떴다. 어느새 그렇게 움직였는지 기척조차 느끼지 못했건만, 순식간에 자신들의 위에서 자신들을 덮쳐왔다.

퍼퍼퍽!

"크아악!"

세 명의 허리가 활처럼 휘더니 바닥으로 떨어졌다. 달려들던 네 명조차 고개를 들어 떨어지는 동료들을 봐야 했다. 그들은 자신들의 머리 위로 떨어지는 동료들의 모습에 눈을 부릅떴다.

그 순간 바로 옆에서 장권호의 신형이 흐릿하게 나타나더니 신속하게 살수들의 옆구리를 스치고 지나쳤다.

"크⋯⋯윽!"

털썩! 털썩!

신음과 함께 허공에서 힘없이 떨어진 살수들과 땅에서 다가오던 살수들이 마치 형제처럼 비슷한 시간에 바닥으로 쓰러졌다.

팟!

장권호의 신형이 다시 한 번 사라졌다.

제6장

우연한 만남

중천에 떠오른 해는 뜨거운 기운을 세상에 뿌리고 있었다.

그 뜨거운 기운을 즐기는 사람도 있지만 대다수의 사람들은 햇살을 피해 그늘을 찾으려 했다.

몸이 뜨거우면 당연히 시원한 것을 찾게 된다. 그건 본능이었다.

거대한 오 층 전각의 가장 상층의 창문은 모두 열려 있었다. 그곳으로 시원한 바람이 들어오고 있었고, 지붕은 뜨거운 햇살을 막아주었다.

창문으로 들어오는 바람을 맞으며 차를 마시던 백발노인은 한가롭게 책을 읽으며 시간을 보내고 있었다.

목을 적셔주는 차와 머리를 즐겁게 해주는 책이 있으니 지금 시간이 너무도 행복한 그였다.

"영비(瓔裨)입니다."

문밖에서 들리는 목소리에 노인은 책을 덮었다.

"들어오거라."

"예."

대답과 함께 문을 열고 이십 대 초반으로 보이는 백의 청년이 들어왔다. 청년은 목소리가 아니라면 여자라고 오해할 정도로 백옥처럼 고운 피부와 얼굴을 하고 있었다.

영비는 공천자의 앞에 멈춰 서서 고개를 숙였다.

"그자가 풍운회에서 떠났다고 합니다."

"그래?"

"예."

공천자는 수염을 쓰다듬으며 말했다.

"그자의 무공에 대한 확인은 어떻게 되었느냐?"

"확인 중에 있습니다. 또한 그림자를 붙여두었으니 조만간 소식이 올 것입니다."

"귀문주를 죽였다고는 하나 어느 정도인지 파악하기 어려우니……."

공천자는 살짝 눈살을 찌푸렸다. 장권호의 무공에 대해 떠올렸기 때문이다. 아무리 보고를 받고 말로 들어도 직접 눈으로 보는 것과는 천지 차이였다. 소문으로는 이미 인간의 한계를 벗어난 인물이라 했지만 그건 어디까지나 소문일 뿐이었다.

귀문주가 죽기 전에는 장권호에 대해 크게 신경을 쓰지 않았다. 그저 보고만으로도 충분히 그의 존재를 결정할 수 있었다. 하지만 귀문주가 죽은 이상 더 이상 그의 존재는 가볍지 못하였다. 그로 인해 잠시나마 꽤 바쁜 시간을 보낸 그였고, 여러 방면을 통해 장권호의 정보를 입수하고 있었다.

"살문에도 의뢰를 했습니다."

"살문에?"

"예."

"쓸데없는 짓을 했군. 하긴……."

공천자는 영비를 향해 미소를 보였다.

"살문이 성공해도 좋고 실패해서 타격을 받는 것도 괜찮지……. 어차피 살문은 사라져야 할 놈들이니."

낮게 중얼거리며 차를 마신 그는 곧 시선을 돌려 고개 숙인 영비를 바라보았다.

"살문이야 그렇다 치고…… 무영루는 어떻게 하고 있는가?"

"기회를 보고 있습니다. 언제라도 허점이 보이면 바로 움직일 것입니다."

"그렇겠지……. 아니, 그래야지……."

공천자는 미미하게 고개를 끄덕이고는 다시 물었다.

"강북 쪽은?"

"귀문은 삼 할 정도의 세력을 잃었습니다. 풍운회가 그 삼할을 흡수했다고 보시면 됩니다. 조만간 천수에 풍운회의 지부가 건설될 것으로 보입니다."

"천수까지라……."

공천자는 가만히 고개를 끄덕였다.

"적당하군."

슬쩍 미소를 보인 그는 다시 찻잔을 들었다.

"또 다른 일은 없나?"

"백옥궁에서 도주한 두 명이 구주성에 몸을 의탁한 것으로 보입니다."

"그래?"

"예."

영비의 대답에 공천자가 고개를 저으며 말했다.

"그 일은 백옥궁의 일이니 신경 쓰지 말게. 우리하고는 상관없으니까."

"알겠습니다."

"다른 일은?"

"없습니다."

공천자는 다시 책을 펼쳤다. 그 모습에 공손히 인사를 한 영비가 밖으로 나갔다.

오 층 전각을 나온 영비는 이십 대 초반에 화려한 문양이

수놓아진 홍의를 입은 소저와 마주쳤다. 그녀는 조금 작은 키였지만 상당히 수려한 외모를 지녔으며, 특히 웃고 있는 듯한 눈매가 매력적이었다. 또한 살짝 들어간 보조개 역시 빼놓을 수 없는 매력 중 하나였다.

그녀를 보면 안고 싶다는 충동이 저절로 일어났다. 어떨 때는 자신의 의지와 상관없이 본능적으로 그녀를 안으려 했다.

"오라버니를 봬요."

"향비로군."

영비의 말에 향비는 미소를 보였다.

그녀의 미소에 영비의 눈동자가 살짝 흔들렸지만 곧 차갑게 말했다.

"이곳에서 미혼공(迷魂功)을 쓰고 다니지 말라고 했을 텐데?"

영비의 차가운 목소리에 향비가 살짝 아미를 찌푸리며 말했다.

"제가 쓰고 싶어서 쓰는 게 아니에요. 은연중 저도 모르게 나타난 것뿐이에요. 앞으로 조심할게요, 오라버니."

"이만 가보마."

"저녁에 방에 들러도 되지요?"

"그래."

향비는 미소를 보인 후 곧 전각 안으로 들어갔다.

그녀가 들어가는 모습을 잠시 돌아본 영비 역시 자신의 집무실로 향했다.

'향비의 미모가 갈수록 눈에 띄는군…….'

영비는 향비의 얼굴을 잠시 떠올리다 이내 고개를 저었다. 지금은 그게 중요한 게 아니라 강호의 일이 중요했다.

                    *   *   *

쾅!

강력한 폭음과 함께 계곡의 물과 돌조각들이 사방으로 비산했으며, 폭풍 같은 바람이 휘몰아쳤다.

"크윽!"

허공을 날아 길에 내려선 여동은 오른팔을 늘어뜨리고 있었고 옷자락은 넝마처럼 변해 있었다.

주룩!

여동의 입술 사이로 핏방울이 흘러내렸다.

그의 눈은 계곡의 바위 위에 서 있는 장권호를 향하고 있었다.

쉭!

바람처럼 여동의 신형이 좌측으로 움직였다.

그 모습을 본 장권호는 가볍게 미소를 보인 후 그 자리에서 흐릿하게 사라졌다.

쉬악!

여동은 눈앞에 권 그림자가 어른거리자 양손을 앞으로 뻗었다. 그의 절기인 취명장(吹鳴掌)이었다.

쿠와아앙!

짐승의 포효가 그의 쌍장에서 터져 나오더니 강력한 광풍(狂風)이 장권호를 향했다.

날아드는 취명장의 장영을 본 장권호는 망설이지 않고 그 속으로 일권을 내질렀다.

팍!

일권의 그림자에 취명장이 부딪히자 취명장의 그림자와 기운들이 삽시간에 사라져버렸다.

여동의 눈이 부릅떠지며 순간 그의 눈앞이 흐려졌다.

"크어어억!"

활처럼 허리를 꺾은 여동은 전신을 떨며 바닥에 무릎을 꿇었다. 명치에서 전해지는 충격이 전신을 강타했기 때문이다. 날아드는 주먹의 그림자도 못 본 그였지만 충격과 고통이 자신이 맞았다는 것을 말해주었다.

그 앞에 언제 나타났는지 장권호가 서 있었다.

"우에액!"

피를 토한 여동은 고개를 들어 장권호를 바라보았지만 그의 모습이 흐릿하게만 보였다. 정신이 혼미해지는 것 같았다.

퍽!

장권호의 수도가 여동의 뒤통수를 가볍게 치자 여동은 힘없이 바닥에 쓰러졌다.

"으으!"

"크으윽!"

여기저기서 신음성이 터져 나오고 있었으며, 꿈틀거리듯 움직이는 사람들도 있었다. 하지만 그들 모두 일어나지 못했다.

장권호는 사방을 둘러보며 쓰러진 사람들의 신음성과 고통 소리를 들었다. 그들 중 정신을 잃고 쓰러진 사람들도 있고 죽은 사람들도 있었지만 대다수는 살아 있었다.

곧 그는 마차 옆에 쓰러진 최길을 향해 다가갔다. 정신을 잃은 최길은 마치 시체처럼 누워 있었다.

장권호는 최길의 마혈과 수혈을 점하고는 어깨에 둘러멘 뒤 천천히 쓰러진 사람들 사이로 걸어 나갔다.

"나를 죽이고 싶다면 백 년 동안 함정을 파라고 전해!"

누구에게 하는 말인지 모를 말을 크게 외치는 그였다.

어두운 숲 사이로 불빛이 반짝이고 있었다. 작은 불빛이지만 주변 공기를 따뜻하게 해주었고, 불 사이로 익어가는 감자가 있었다.

모닥불 옆에 앉은 장권호는 상의를 벗은 채로 검에 찔린 옆구리에 금창약을 바르고 있었다.

"으음……."

상처에 약을 바르자 절로 신음성이 터져 나왔다. 생각보다 상처가 깊은 듯했다.

"한동안 조심해야겠군."

낮게 중얼거린 장권호는 곧 건포를 꺼내 씹었다. 출출할 때 건포만큼 든든하게 배를 채워주는 음식도 없었다.

그의 뒤에는 최길이 누워 있었는데, 코 고는 소리를 낼 정도로 편안하게 잠들어 있었다.

장권호는 실없이 웃음을 보이더니 곧 최길을 깨웠다.

"헉!"

최길은 놀란 사람처럼 눈을 부릅뜬 채 벌떡 일어났다. 그러다 앞에 장권호가 앉아 있자 저도 모르게 뒤로 물러섰다. 하지만 덫에라도 걸린 듯 온몸이 움직이지 않았다.

"깨어났나? 앉지."

장권호의 말에 최길은 안색을 굳히며 옆으로 물러섰다.

"한 발만 더 가면 죽이겠다."

"음……."

최길은 그제야 자리에 가만히 앉았다. 죽인다는 말에 겁을 먹은 표정이었다.

사실 장권호가 이 자리에 있다는 것 자체가 그에게는 믿지 못할 상황이었다. 눈을 돌려 동료들을 찾았지만 어디에도 동료의 그림자는 없었다.

"네 녀석에게 맞은 상처가 쑤시는군."

장권호가 사납게 눈을 번뜩이며 바라보자 최길은 그 시선을 마주하지 못한 채 고개를 돌리고 조심스럽게 입을 열었다.

"나만 남은 것은 아니겠지?"

장권호는 고개를 끄덕였다.

최길은 자신의 불길한 생각이 사실로 나타나자 믿지 못하겠다는 표정이었다. 그 많은 사람들을 모두 죽였다는 말처럼 들렸기 때문이다.

"네게 물어보고 싶은 게 있어 살려주었다."

최길이 그 말에 눈을 반짝였다.

"말해줄 것 같나?"

"과연 말을 안 하고 버틸 수 있을까?"

쉭!

장권호가 순식간에 최길의 마혈을 짚자 최길은 그 자리에서 마치 석상이라도 된 듯 눈만 말똥거린 채 움직이지 못했다.

"꿀꺽!"

최길은 자신도 모르게 침을 삼켰다. 그런 그의 이마에는 어느새 식은땀이 맺혀 있었다.

"모두를 죽이는 데 오래 걸리지는 않아. 다들 무공이 약

하더군. 그 정도의 실력으로 어떻게 살수 짓을 하는지 모르겠어."

"아무리 고수라 해도 평생 동안 호신강기를 사용할 수 있다고 보나? 하루 종일 사방을 경계하고 내력을 운용하면서 사는 것 같나? 방심하면 어린아이라도 사람을 죽일 수 있다. 대체 사람을 죽이는 데 얼마나 큰 힘이 필요하다고 생각하는 것이냐? 겨우 한 줌의 힘만으로도 비수는 살에 박히지……. 우리는 그 순간 심장을 찌르는 거야."

장권호는 날카로운 최길의 말에 수긍했다. 자신 역시 방심하였다 그의 검에 찔렸기 때문이다.

"아까웠겠어…… 내가 죽지 않아서."

"이번에 죽지 않았다면 다음에 죽겠지. 늘 그렇듯이……. 후후."

최길이 싸늘한 눈빛으로 말하자 고개를 끄덕인 장권호는 그의 손을 잡아 주저 없이 새끼손가락을 부러뜨렸다.

뚝!

"크아악!"

최길의 입에서 처절한 비명성이 흘러나와 숲 속으로 퍼져 나갔다. 하지만 아쉽게도 듣는 사람은 오직 장권호 한 명뿐이었다.

최길의 얼굴에 땀방울이 맺혔고, 눈동자가 충혈되기 시작했다. 하지만 버틸 만했는지 눈빛만큼은 살아 있었다.

장권호는 다시 손을 움직여 그의 중지를 부러뜨렸다.

"크악!"

최길의 입에서 다시 비명성이 터져 나왔다.

장권호는 그저 무심한 표정으로 그의 손가락을 부러뜨리는 데만 열중한 것처럼 보였다.

그의 비명성이 잦아들 때쯤 장권호가 다시 손을 움직였다.

뚝!

"크아아악!"

검지가 부러지는 둔탁한 소리에 최길은 전신을 떨었다. 고통스러운 표징이 점점 두려움으로 커져갔다.

그제야 장권호가 입을 열었다.

"이제야 내 기분이 좀 풀리는 것 같군. 의뢰인은?"

"모른다."

뚜뚝!

"크아악!"

최길의 입에서 다시 한 번 비명성이 터졌다. 이번엔 약지가 부러졌기 때문이다.

장권호가 마지막 남은 엄지를 잡으며 물었다.

"의뢰인은?"

"으…… 으……."

최길은 온몸을 떨며 장권호를 노려보고 있었다. 손가락이 부러질 때마다 느낀 고통으로 인해 전신이 땀에 젖은 상태였다.

그의 시선엔 여전히 성난 분노가 담겨 있었다. 자신에게 고통을 주는 장권호를 찢어 죽이고 싶었다. 하지만 그것보다 우선되는 게 고통이었다. 어떻게 해서라도 이 고통에서 벗어나고 싶었다.

장권호의 손이 움직이려 하자 최길은 급하게 말했다.

"정말 모른다. 의뢰인을 아는 사람은 오직 문주뿐이다. 이건 사실이다. 나 같은 하급이 알 수 있는 일이 아니다."

"그렇겠군."

장권호는 순순히 최길의 말을 믿는 눈치였다.

"그럼 다음 질문을 하지. 살문은 어디에 있지?"

장권호의 물음에 최길의 눈이 부릅떠졌다. 절대 대답할 수 없는 질문이었지만 모른다고 대답할 수도 없었다.

피해갈 수 없는 질문인 것이다.

"그, 그건……."

"나 바쁜 사람이다."

장권호가 낮은 목소리로 중얼거리며 손에 힘을 주려 하자 최길이 급하게 말했다.

"노…… 노린원(露麟院)."

"어디 있지?"

"강서 남창성."

최길의 대답에 장권호는 고개를 끄덕인 후 자리에서 일어섰다. 더 이상 최길에게는 남은 볼일이 없었다.

"아침이 되면 저절로 혈도가 풀릴 거다. 그럼 불 속에서 감자를 꺼내 먹어라. 집에 가려면 배는 채워야지?"

장권호는 천천히 어둠 속으로 걸음을 옮겼다.

최길이 살기를 담아 외쳤다.

"오늘 나를 살려준 것을 분명 후회하는 날이 올 거다! 두고 보자! 개새끼!"

크게 소리친 그는 숨을 몰아쉬었다. 그러다 이 어둠 속에 어느새 자신만 남겨져 있다는 사실을 깨닫자 문득 두려운 마음이 들었다. 몸이 정상이라면 크게 두려움은 없을 것이나 지금은 움직이지도 못하는 상태인 데다 손가락까지 부러져 있었다.

몸이 자신의 의지대로 움직이지 못한다는 사실이 그를 더욱 큰 두려움에 빠지게 만들었다.

"언젠가는…… 죽여버릴 거다……."

최길은 다시 한 번 씹어뱉듯 말을 하다 눈앞에 작은 빛이 하나 보이자 눈을 크게 떴다. 어떤 빛인지 잘 안 보였기 때문이다.

순간 그 빛이 최길의 몸을 지나쳤다.

"헉!"

최길은 놀라 눈을 부릅떴다. 그의 목에 가느다란 혈선이 하나 생겨나더니 이내 그의 머리가 바닥으로 떨어졌다.

털썩!

땅에 떨어진 최길의 머리는 몇 바퀴 구르더니 모닥불 안으로 들어갔다.

슉!

불 속에 들어간 최길의 눈동자에 사람의 그림자가 숲 속으로 사라지는 것이 비쳤다.

*　　　*　　　*

호북성 대운촌은 하남성에서 대별산을 넘어 호북으로 넘어오는 길목에 위치한 마을로, 상당히 큰 도시였다.

도시의 옆에는 황수(璜水)강이 흐르고 있었는데, 그곳에서 빨래를 하는 아낙들과 뛰어노는 아이들이 보였다.

장권호는 마을로 들어가는 다리를 건너다 잠시 걸음을 멈추고 아이들을 쳐다보았다. 문득 어릴 때 사형들과 함께 계곡에서 놀던 기억이 떠올랐다.

즐거운 추억이었다. 하지만 이제 과거의 일이었다.

장권호는 천천히 걸음을 옮겨 다리에서 가장 가까운 곳에 위치한 주루에 들어갔다. 안에는 꽤 많은 사람들이 있었다.

점소이의 안내로 이 층에 올라갔다. 일 층에 비해 한산한 이 층은 손님이 많지 않아 조용했다.

이 층의 창가에 자리를 잡고 앉은 장권호는 간단한 소채와 함께 포자를 주문하고 창밖을 바라보았다. 창밖의 길에는 각양각색의 사람들이 바쁘게 오가고 있었다.

그들 사이로 낯이 익은 사람도 보였다.

그들은 일남일녀(一男一女)였는데, 주루의 간판을 바라보다 창가에 앉아 있던 장권호의 눈과 마주치자 안으로 들어왔다.

저벅! 저벅!

가벼운 발걸음 소리와 함께 이 층으로 올라온 일남일녀는 곧 장권호의 앞에 다가왔다.

"같이 앉아도 되겠소?"

장권호는 고개를 돌려 바로 앞에 서 있는 이석옥과 유호를 바라보았다. 분명 이석옥은 여자인데 유호와 비슷한 키였다. 보통 여자들보다 큰 여자인 것이 확실했다.

"그러시게."

장권호의 말에 자리에 앉은 이석옥과 유호는 점소이에게 음식을 시킨 후 장권호에게 말했다.

"이런 곳에서 장 형을 만날 줄이야…… 정말 놀랐소."

"세상이 넓다 들었는데 그것도 아닌가 보군…… 우리는 인연이 있는 것 같아."

"그런 것 같군요."

이석옥이 그 말에 슬쩍 미소를 보인 후 고개를 끄덕였다.

장권호는 곧 그녀에게 궁금한 표정으로 물었다.

"풍운회는 지금 귀문과 싸우고 있는 것으로 아는데 휴가라
도 나온 것인가?"

장권호의 물음에 이석옥은 고개를 저었다.

"아니에요. 갑작스럽게 아버님이 쓰러지셨다는 소식을 듣
고 급히 본가로 가는 길이에요."

"음, 마음이 좋지 않겠네……. 자네도 같은 이유인 것인
가?"

장권호의 시선을 받은 유호가 말했다.

"저는 아가씨의 집안사람입니다. 어릴 때부터 아가씨의 호
위를 맡고 있었지요."

아가씨라는 말에 장권호가 살짝 눈살을 찌푸리자 유호가
다시 말을 이었다.

"풍운회에서는 단주님이시지만 이렇게 고향에 갈 때는 아
가씨라 부릅니다."

"집안이 좋은 모양이군."

장권호의 시선에 이석옥은 살짝 아미를 찌푸렸다. 집안 이
야기가 나오면 자연스럽게 생기는 표정이었다. 그만큼 그녀
는 자신의 집안을 싫어했다.

"그렇게 좋은 집은 아니에요."

"자기 집을 싫어하는 모양이야?"

"꼭 그렇지는 않아요."

마침 음식을 들고 점소이가 다가오자 이석옥은 더 이상 입

을 열지 않았다.

유호가 젓가락을 들며 말했다.

"누구나 개인적인 사정이란 게 있는 것이니 너무 묻지 마시오."

유호의 말에 장권호는 알았다는 듯 고개를 끄덕였다.

"그러지."

"이것도 인연인데 우리 집에 한번 들르지 않겠어요?"

이석옥의 말에 유호가 조금 놀란 표정을 보였다. 생각지도 못한 말을 하였기 때문이다.

장권호는 곰곰이 생각하는 표정을 보이다 곧 대답했다. 그녀의 초대를 굳이 거절할 이유도 없었다.

"그렇게 하지."

"고마워요."

이석옥이 눈을 반짝였다.

그런 그녀의 모습에 유호는 조금 걱정스러운 표정으로 장권호를 바라보았다.

"그런데 장 형을 초대해도 문제가 없을까요?"

"문제가 생길 것이라면 애초에 모시지도 않아. 걱정하지 마."

"알겠습니다."

유호는 짧게 대답한 후 조용히 음식을 먹었다.

천하는 넓고 사람도 많았다. 그런데 같은 날 같은 장소에서 우연히 아는 사람을 만나는 일이 가능할까? 정말 인연이 없다면 그런 일은 없을 것이다.

이석옥은 장권호를 만난 것이 내심 인연이라 생각했다. 먼 북방에서 만났고, 풍운회에서도 만났다. 무엇보다 자신이 집으로 돌아가는 길에 또다시 그를 만났다는 사실이 놀라웠다.

식사를 마치고 나오자 유호가 어디론가 가더니 마차를 하나 끌고 왔다.

"어디서 난 것인가?"

"빌렸지요. 하하!"

유호는 장권호의 놀란 표정이 재미있다는 듯 크게 웃었다.

"타십시오. 여긴 제 자리니 절대 양보 못합니다."

유호가 마부석에서 내려오지 않겠다는 듯 말하자 이석옥이 마차의 문을 열고 안으로 올라갔다.

"타세요."

이석옥은 멀뚱히 서 있는 장권호를 향해 말했다.

그에 장권호가 마부석에 앉은 유호를 쳐다보자 유호가 웃으며 말했다.

"어서 타세요."

"그러지······."

장권호는 여자와 단둘이 탄다는 것 때문에 조금 망설였다. 이런 경험은 처음이었고, 마차 역시 처음 타보는 것이었다.

슥!

장권호가 안으로 들어와 앉자 이석옥이 문을 닫았다.

곧 마차가 움직이기 시작했다. 처음 타보는 것이라 그런지 마차가 움직이는 느낌이 상당히 이질적으로 다가왔다.

다각! 다각!

마차가 굴러가는 소리가 창을 통해 들어왔다.

어색한 침묵 속에서 마주 앉은 두 사람은 서로 반대 방향의 창문을 보고 있었다.

한참의 침묵 후에 먼저 입을 연 것은 이석옥이었다.

"어디를 가는 길이었나요?"

목적지가 어디인지 상당히 궁금한 듯 이석옥이 물어오자 장권호는 짧게 대답했다.

"포양호."

"상당히 먼 곳이군요. 가본 적은 있나요?"

"중원은 처음이야."

장권호의 말에 이석옥은 작은 미소를 보였다. 심각한 표정으로 너무 당당하게 말하는 장권호의 모습이 조금은 우습게 보였다.

"중원도 처음인데 포양호가 어디 있는지 알고는 있는 건가요?"

장권호는 고개를 끄덕이며 말했다.

"강서성에서 포양호를 물으면 모르는 사람이 없다고 하더군."

"하긴…… 그건 그렇지요."

이석옥은 말을 한 후 궁금한 표정으로 다시 물었다.

"그런데 그곳엔 무슨 일로 가는 것인가요?"

"개인적으로 볼일이 있어."

"아…… 그렇군요."

더 이상 묻는 건 결례라는 생각에 이석옥이 말을 돌렸다.

"풍운회를 나온 지 오래된 것으로 아는데 아직 강남도 못 갔군요? 벌써 포양호에 도착했을 시간인데…… 걸음이 느린가 봐요?"

"중간에 일이 좀 있었지."

"그렇군요. 그렇지 않았다면 저희와 만나는 일도 없었겠네요. 당신이 회를 떠나고 오 일 정도 후에야 제가 회를 나왔으니 말이에요."

장권호는 이석옥의 말을 들은 후 궁금한 듯 물었다.

"살문에 대해 아나?"

"네, 알아요."

이석옥은 갑작스럽게 살문을 물어오자 궁금한 얼굴로 장권호를 바라보았다.

"살수 조직이잖아요? 그 정도도 모르는 사람이 있을까요? 그런데 살문은 왜 묻는 것인가요?"

"그놈들 때문에 산을 좀 헤맸거든."

장권호의 말에 이석옥이 놀란 듯 눈을 크게 떴다. 살문 같은 살수 조직이 장권호를 노리고 있다는 말로 들렸기 때문이다.

"생각보다 강호에 적이 많은 모양이군요."

"그럴지도 모르지."

장권호는 창밖으로 시선을 던지며 중얼거렸다. 창문 사이로 초록빛 대지가 물결처럼 흔들리고 있었다.

*　　　*　　　*

호북성 중앙에 자리한 이성(李城)은 호북성에서도 손에 꼽히는 대도시였다. 위아래로 하남성과 강서성으로 연결된 커다란 대로가 지나갔고, 좌우로는 사천과 안휘성을 지나는 대로가 이어진 곳이었다.

사방이 연결된 교통의 요지이다 보니 당연히 오가는 사람들도 많을뿐더러 상거래도 활발히 이루어졌다.

이성의 북문으로 들어온 마차는 곧장 대로를 따라가다 남쪽의 고루전각들이 늘어선 곳으로 들어섰다.

높은 담장이 좌우로 넓게 뻗은 이곳은 보기에도 높은 사람들이나 돈 많은 사람들만 살고 있는 거리로 보였다.

마차는 그 거리의 끝에 자리한 커다란 대문 앞에 멈춰 섰다.

"다 왔습니다."

유호가 마차의 문을 열자 이석옥과 장권호가 내렸다.

장권호는 커다란 대문 위에 적힌 글씨를 보곤 눈을 반짝였다.

"이씨세가라…… 호북성의 이씨세가라면 가장 부자라는 그 이씨세가인가?"

장권호의 물음에 이석옥은 고개를 끄덕였다.

"맞아요."

장권호는 새삼스럽게 이석옥을 바라보았다. 보기에는 전혀 부자처럼 보이지 않았기 때문이다.

"안으로 모시겠습니다."

유호의 안내에 장권호는 그를 따라 안으로 들어갔다.

"딸이 왔다고?"

자리에서 일어선 반백의 중년인은 강인한 눈빛과 건장한 체격에 사자와 같은 기운을 풍기는 인물이었다. 보통 사람들보다 머리 하나는 더 커 보이는 그는 걷는 것만으로도 사람을 압도하는 분위기를 풍겼다.

그의 앞에는 비슷한 연배로 보이는 조금 작은 키에 평범한 인상의 중년인이 섭선을 손에 쥐고 서 있었다.

"방으로 가야겠다. 병석에 누웠다고 했는데 이렇게 일어나 돌아다니면 안 되겠지."

그의 말에 앞에 서 있던 중년인이 미소를 보였다.

"어차피 꾀병이란 것을 알 텐데 굳이 그럴 필요 있겠습니까? 안주인님에게 알리는 게 먼저인 것 같습니다. 그리고 아가씨는 제가 일단 만나보겠습니다."

"그렇게 해주게."

가주의 대답에 중년인은 곧 인사를 한 후 밖으로 나갔다.

표향원(藻香院).

이석옥의 거처인 표향원은 열 개의 작은 연못이 집을 중심으로 원을 그리듯 포위하고 있었는데, 그 안에는 연꽃과 함께 부평초들이 짙은 녹색을 띠고 떠 있었다.

객실에 홀로 앉아 있던 장권호는 창을 통해 주변 풍경을 둘러보았다. 여자가 사는 집이라 그런지 연못과 연못 사이로 작은 냇물이 흘렀는데, 그 모습이 상당히 아기자기하게 잘 꾸며진 것 같았다.

"기다리게 해서 미안해요. 옷을 갈아입어야 해서요."

이석옥이 나타나자 장권호는 시선을 돌렸다. 그곳에 긴 머리카락을 휘날리는 아름다운 미인이 서 있었다.

"꽤나 예쁘군."

풍운회의 무사복이 아닌 분홍빛 치마를 입고 나타난 여성스러운 모습의 이석옥이 이제야 여자로 보였다.

"칭찬인가요?"

"물론."

장권호의 대답에 이석옥은 미소를 보였다. 옷을 갈아입은 그녀는 평소의 굳은 표정과 달리 조금 부드럽게 변한 것 같았다.

"왔습니다."

유호가 청색 장삼을 입고 상당히 밝은 표정으로 얼굴에 웃음기를 가득 담은 채 들어오자 이석옥은 오랜만에 만난 식구들 때문에 그런 것이라 생각했다.

"오랜만에 왔더니 기분이 좋네요. 보고 싶은 사람들도 만나고 말입니다. 하하하!"

유호가 유쾌하게 웃으며 이석옥의 옆에 섰다. 그러자 정말 호위로 보였다.

"그럼 아버님께 가볼까요?"

이석옥의 말에 장권호가 자리에서 일어섰다. 남의 집에 왔으면 그 주인에게 인사를 하는 게 당연한 일이었다.

하지만 막 밖으로 나갔던 일행은 다시 안으로 들어와야 했다. 문 앞에서 이곳 이씨세가의 총관 조문영을 만났기 때문이다.

내실에 앉은 조문영은 조금 굳은 표정을 보였다. 이석옥이 친구라고 소개한 장권호의 존재 때문이었다.

본래부터 강호의 무림인을 좋아하지 않는 그였기에 이석

옥이 집을 나가 풍운회에 갔을 때도 반대했었다. 혹시나 다치기라도 한다면 큰일인 것이다.

"무림에 나가더니 무림인을 데려왔구나."

조문영의 말에 이석옥이 조금 경직된 표정으로 대답했다.

"네. 무림에 있으니 당연한 것 아닌가요?"

"그렇게 무림이 좋더냐?"

이석옥은 고개를 끄덕였다.

"네. 제가 살아 있는 것 같은 기분을 느끼게 해줘요."

"살아 있는 기분?"

조문영은 이해 안 된다는 표정으로 눈을 크게 떴다.

이석옥이 그런 조문영을 향해 미소를 보이며 말했다.

"언제 죽음이 찾아올지 몰라 늘 긴장하면서 살아야 해요. 거기다 죽을 고비도 몇 번 넘겼구요. 그런 경험이 제가 살아 있다는 생각을 하게 해주지요. 장 소협도 제 목숨을 구해주신 생명의 은인이에요."

이석옥의 말에 조문영은 깜짝 놀란 표정으로 자리에서 일어섰다. 죽을 고비를 넘겼다는 말 때문이었다. 거기다 장권호가 살려주었다니, 그녀가 그를 데려온 이유를 이제야 알 것 같았다.

"죽을 고비라니…… 역시 무림은 네게 어울리지 않는다. 그리고 장 소협."

장권호는 조문영의 시선에 그를 바라보았다.

조문영이 허리를 숙이며 말했다.

"조카를 구해주셔서 대단히 감사하오. 이곳에서 편히 머무시기 바라오. 그래도 아직 시집도 안 간 아녀자와 한방을 쓸 순 없으니 별채로 안내하리다."

조문영의 말에 장권호는 자리에서 일어섰다.

"지금 말입니까?"

"아니요. 곧 가주님께서 오신다고 하니 만나 뵙고 안내하겠소."

"알겠습니다."

"그럼 먼저 물러갈 테니 이야기들 나누시오."

조문영은 다시 한 번 장권호를 바라보고는 밖으로 나갔다.

그가 나가자 이석옥이 말했다.

"제 외숙부님이세요."

"그렇군."

장권호는 고개를 끄덕였다. 조문영의 행동이나 눈빛을 볼 때 친인척이란 예상은 했었다. 남이라면 아무리 총관이라도 이석옥에게 그렇게 하대하진 않았을 것이다.

얼마 지나지 않아 이곳의 주인인 이정철이 부인인 정월과 함께 모습을 보였다. 그들은 이석옥을 보자 환하게 웃으며 반겨주었고 잠시 동안 그들만의 시간을 가졌다.

이석옥에게 장권호가 생명의 은인이란 말을 들은 그들은 살갑게 대해주었다. 자신의 딸을 구해준 은인이니 그들에게도 장권호는 은인이나 마찬가지였다.

"이곳에 머무는 동안 불편함이 없도록 할 테니 편히 쉬게나."

"배려에 감사합니다."

장권호를 보는 이정철의 눈빛은 빛나고 있었다. 물론 정월의 눈빛도 예사롭지 않았다. 자신들의 딸인 이석옥이 처음으로 데려온 남자였기 때문이다.

"저는 이만 좀 쉬고 싶습니다."

장권호의 말에 이석옥이 놀라 말했다.

"피곤하세요?"

"물론이오."

장권호는 당연하다는 듯 대답한 후 이정철과 정월에게 말했다.

"먼저 일어나겠습니다."

"벌써? 많이 피곤한 모양이네?"

"예."

장권호의 대답에 이정철은 굳이 그를 붙잡지 않았다. 그가 이 자리를 일부러 피하려 한다는 것을 알았기 때문이다.

식구들만 모인 자리였으니 그들끼리 할 말이 있을 터. 장권호는 그 시간을 방해하고 싶지 않았다.

"호아야, 네가 안내하거라. 조 총관에게 가면 방을 알려줄 테니 그리 모시고."

"알겠습니다."

유호가 대답 후 장권호와 함께 밖으로 나갔다.

그들이 나가자 좀 전과 달리 정월의 표정이 굳어졌다. 이정철 역시 굳은 표정으로 말했다.

"뭐하는 놈이냐? 네 생명의 은인이라니 예의를 차렸지만 이 아비는 무림인이 싫다."

"네가 온 것은 반가운 일이나…… 우리가 무림세가에 핍박받은 일들을 잊은 것이니? 어떤 사람인지는 모르지만 혹여나 마음에 둔 사람이라면 절대 안 된다."

이정철과 정월의 말에 이석옥은 저도 모르게 웃음을 흘리며 말했다.

"너무 넘겨짚지 마세요. 장 소협은 저를 생각도 안 하고 있는데 무슨 소리예요? 제 생명의 은인이고 강남으로 가는 길이란 말에 잠시 들렀다 가라고 한 것뿐이에요. 생명의 은인에게 아무것도 해주지 않으면 그것도 예의가 아니잖아요? 정말 별 뜻은 없어요. 걱정 마세요."

"정말이니?"

이석옥의 말에 정월이 재차 물었다.

이석옥은 정월의 손을 잡으며 고개를 끄덕였다.

"네, 정말이에요."

"그렇게 말해주니 안심이다."

정월이 안심이라는 듯 짧은 숨을 내쉬자 이정철이 말했다.

"사람은 좋아 보이더구나. 무엇보다 눈빛이 살아 있는 게 마음에 드는 친구야. 친구라면 이 아비도 반대하지 않겠다."

"네."

이석옥의 대답에 이정철은 미소를 보였다.

곧 그들은 지난 일들을 이야기하고 이석옥의 이야기를 들어주며 시간을 보냈다. 이석옥이 무림에서 경험한 일들에 대한 이야기였기에 그들 부부는 시간 가는 줄 모르고 그녀의 말을 경청하였다.

정원이 딸린 별채에 안내된 장권호는 내실에 앉아 시비가 준비해준 차와 다과를 즐겼다.

호북제일이라는 명성의 이씨세가였다. 하지만 오가는 사람은 규모에 비해 상당히 적었고, 경비무사들의 수도 그렇게 많아 보이지는 않았다.

"이만 가보겠소. 편히 쉬시오."

유호가 할 일을 다 했다는 듯 인사를 했다.

"덕분에 오늘은 잠자리가 편하겠어. 고맙군."

"불편한 점이 있다면 시비를 통해 나를 찾으시오. 금방 올 테니."

"그러지."

장권호의 대답에 유호는 곧 밖으로 나갔다.

그가 나가자 남은 사람은 장권호의 시중을 들어줄 시비 둘이 다였다. 모두 십 대 후반의 소녀들로, 장권호의 뒤에 서 있었다.

"혼자 있게 해주겠나?"

장권호의 말에 두 시비가 고개를 숙인 후 빠른 걸음으로 사라져갔다.

홀로 남은 장권호는 방 안으로 들어가 운기조식을 하였다. 이렇게 여유가 있을 때 대주천을 해놔야 만약의 사태를 대비할 수 있었다.

저녁이 되어서야 부모님이 돌아가자 이석옥은 장권호가 머물고 있는 별채로 향했다. 자신이 초대해놓고 좋은 대접을 못해준 것 같아 마음에 걸린 것이다.

별채의 문을 넘어 들어간 그녀는 정원의 중앙에 자리한 커다란 은행나무 아래에 서 있는 장권호의 뒷모습을 볼 수 있었다.

커다란 그의 뒷모습에 문득 그가 남자라는 것이 상기되었다.

'생각해보니 내가 초대한 사람이 남자였구나……'

이석옥은 그런 생각이 들자 괜히 부끄러웠다. 하지만 그런 사소한 감정도 잠깐이었다.

"뭐하세요?"

이석옥의 목소리에 장권호는 신형을 돌려 다가오는 그녀

를 바라보았다.

　그녀의 늘씬한 모습에 그녀가 여자라는 사실이 다시 한 번 떠올랐다.

　"송충이 한 마리가 기어가고 있기에 쳐다보고 있었지."

　"송충이요? 훗!"

　이석옥은 그의 입에서 송충이라는 말이 나오자 의외라는 듯 작게 웃었다. 그와는 전혀 어울리지 않는 말이었고 상반된 느낌이었다.

　가까이 다가온 그녀는 나무 기둥을 타고 기어가는 송충이를 보곤 아미를 찌푸렸다.

　"징그럽네요."

　털이 나 있는 큰 덩치의 송충이에 이석옥은 뒤로 한 발 물러섰다.

　그녀의 말에 장권호는 방으로 향했다. 여자들이 좋아할 만한 동물은 아니었기 때문이다. 단지 어릴 때 송충이로 사매를 놀려주었던 기억이 떠올라 바라본 것뿐이었다.

　그때의 추억에 잠시 그렇게 서 있었지만 이석옥이 온 이상 계속해서 그런 추억을 떠올릴 필요는 없었다.

　"들어가지."

　"그래요."

　이석옥과 함께 방에 들어와 앉았다.

　"내게 볼일이 있어서 온 것인가?"

"저녁이라도 같이 먹으려고요. 제가 초대를 해놓고 식사조차 함께 못한다면 예의가 아니잖아요."

"고맙군."

장권호의 말에 이석옥은 미소를 보였다. 문득 그가 겉보기와는 달리 부드러운 사내가 아닐까 하는 생각이 들었기 때문이다.

장권호는 미소를 보이며 차를 마시는 이석옥을 향해 궁금한 표정으로 물었다.

"이 집안은 무림인을 썩 좋아하는 것 같지 않더군. 무림인에게 무슨 원한이라도 있나?"

장권호는 조문영의 표정과 그의 말을 떠올렸다. 더구나 그녀의 부모님 또한 자신을 그렇게 반기는 모습은 아니었다.

그의 물음에 이석옥은 살짝 아미를 찌푸렸다. 집안에 대한 이야기를 해야 할지 말아야 할지 잠시 고민한 것이다. 하지만 그에게 이야기한다 해도 별문제가 될 것 같지는 않았기에 곧 입을 열었다.

"네. 원한이 있지요……."

장권호가 가만히 고개를 끄덕이자 이석옥이 다시 말했다.

"본래 저희 집안은 무림세가예요. 그것도 오랜 역사와 전통을 가진……. 과거엔 호북의 이씨세가라면 천하제일의 창법으로 유명했지요."

"이가창법(李家槍法)……. 나도 들었지."

장권호조차 이가창법에 대해선 알고 있었다. 양가창과 조가창법과 함께 중원의 삼대창법 중 하나였고, 이들 중 가장 빠른 환창(幻槍)이었다.

중원의 여러 무공 중 유일하게 관심을 가진 창법이었기에 기회가 되면 한번 경험해보고 싶었다.

하지만 그녀는 과거라고 말했다.

장권호는 그 점이 궁금했고, 왜 과거라고 한 것인지 알고 싶었다.

이석옥은 차를 한 모금 마시더니 천천히 다시 말했다.

"저희 집은 본래 무림세가였기에 무림인과의 교류가 많았지요. 하지만 할아버지가 돌아가신 후로 더 이상 무림세가와의 교류는 없었어요."

"무슨 이유라도 있나?"

"네. 할아버지가 현 남궁세가주와의 비무에서 패한 후 돌아가셨거든요. 그 이후론⋯⋯."

"음⋯⋯."

"아버님은 복수를 생각하셨지만 상대는 천하제일이라 불리는 남궁세가였어요. 더욱이 현 세가맹의 맹주가 남궁세가주예요. 그런 상대를 두고 어떻게 복수를 할 수 있겠어요? 복수를 꿈꾸다 저희 이가가 망할지도 모르는데⋯⋯."

장권호는 그녀의 말에 침묵했다. 자신이 조언을 해줄 수 있는 범위를 벗어난 말들이었기 때문이다.

그것을 아는지, 이석옥은 깊은 한숨과 함께 다시 말을 이었다.

"아버님은 지금도 매일 아침 이가창법을 수련하고 계세요. 건강을 위해서라고 하지만…… 아직까지 원한의 끈을 놓지 못한 것이겠지요."

"이 소저는 어떤가? 이 소저도 끈을 놓지 않은 것 같은데?"

장권호의 물음에 이석옥은 굳은 표정으로 말했다.

"저는 늘 복수를 꿈꾸고 있어요."

제7장

꿈을 꾸는 사람

"그게 사실인가?"

서재에 앉아 있던 이정철은 자신도 모르게 놀란 표정으로 조문영을 쳐다보고 있었다.

"사실입니다. 지금 강호에서 가장 유명한 청년이지요. 혹시나 해서 다시 재조사를 해봤지만 석옥이 데려온 청년은 귀문주를 이긴 장권호가 확실합니다."

"그토록 대단한 청년인 줄 몰랐군……."

이정철의 눈동자가 살짝 빛나기 시작했다. 무림인을 싫어하는 그였지만 무림의 피가 흐르는 것은 사실이었다.

"지금 세가맹에선 그를 영입하기 위해 그의 소재를 파악하는 중입니다. 그자가 저희 세가에 있으니 조만간 그들도 그 사실을 알게 되겠지요."

"그렇겠지……. 그놈들은 유난히 귀가 밝은 놈들 아닌가?"

"예."

"흐음, 장권호라……. 그 청년이 우리 세가와 연이 있다는 사실을 사람들이 알게 되면 득이 될 것 같은가?"

이정철은 장권호라는 존재가 큰 것을 알고 실익을 생각했다.

"아직 판단할 수는 없습니다."

조문영의 솔직한 대답에 이정철은 고개를 끄덕였다. 자신도 아직 어떤 판단을 내리기 힘들었다. 그렇다고 홀대할 수도 없는 일이었다. 귀문의 정문으로 쳐들어간 인물이라 들었다. 그 정도의 대담성과 무공을 지닌 상대와 척을 질 수는 없었다.

"잘 대해주게나."

"알겠습니다."

어둠이 내리자 방 안에 불을 밝혔다.

환하게 밝은 방 안엔 여전히 이석옥이 앉아 있었고, 그 앞에 장권호가 앉아 있었다.

"상대가 두려우면 복수를 못하는 법이지."

장권호의 말에 이석옥의 표정이 굳어졌다. 마치 자신과 이씨세가를 무시하는 말처럼 들렸기 때문이다.

"분명 남궁세가가 두려운 대상이긴 해요. 하지만 마음먹고 덤빈다면 저희 이씨세가도 만만치 않은 곳이에요. 그런데도 복수를 안 하는 이유는 돌아가신 할아버님의 유언 때문이에요."

"복수하지 말라고 하셨나?"

"예, 맞아요. 할아버님은 눈을 감으시면서 복수를 하지 말라고 하셨어요. 상대가 상대이니만큼 걱정이 되신 거라고 봐요."

장권호는 그 말에 고개를 끄덕였다. 충분히 이해가 가는 이야기였다. 문득 자신과 비슷하다는 생각도 들었다.

"제가 일곱 살 때의 일이에요."

이석옥이 입을 열자 장권호는 그녀에게 시선을 던졌다.

"불과 스물다섯의 젊은 나이에 남궁세가주는 저희 할아버님과 비무를 하였어요. 강호에서 이십대고수에 들어간다고 알려진 할아버님과 이제 강호에 나온 지 얼마 안 되었다고 알려진 남궁세가주와의 비무……. 사람들은 누구나 할아버님이 이길 거라 말했고 저희 집안 식구들 중 누구도 패배할 거라 생각하지 않았어요. 그런데……."

말을 하던 이석옥의 눈초리가 미미하게 떨렸다. 그날의 기억이 떠올랐기 때문이다.

남궁세가주의 검에 할아버지의 창이 반으로 부러졌고, 끝내 쓰러지셨다. 그 기억은 아무리 잊으려 해도 잊히지 않는,

마치 영원히 지워지지 않을 상처처럼 그녀의 뇌리에 각인되어 있었다.

"할아버님이 패배하셨어요…… 반 시진도 안 되는 시간에……."

"음……."

장권호는 남궁세가주의 무공이 대단할 거라 생각했다. 강호에서 이십대고수에 들어가는 사람을 반 시진도 안 되는 시간 안에 제압하는 일이 쉬울까? 아니, 매우 어려운 일이다.

이석옥은 깊은 한숨과 함께 다시 말했다.

"아버님은 매일 하루도 빠짐없이 이가창을 수련하셨어요. 손이 부르트고 피부가 벗겨져도 손에서 창을 놓지 않으셨지요……. 하지만 아무리 수련을 해도 그날의 그 젊은 남궁세가주를 이길 자신이 없으셨나 봐요. 결국 손에서 창을 놓으시더니 그날부터 장사에 몰두하시기 시작했어요. 돈을 버는 것…… 그것으로 돌아가신 할아버님의 복수를 대신할 생각이었는지도 몰라요."

잠시 입을 닫은 그녀는 곧 미소를 보였다.

"그래서 지금은 호북성 제일의 부자라고 불리네요."

그녀의 미소가 왠지 쓸쓸해 보였다. 마치 무언가 소중한 것을 잃어버린 사람처럼 목소리에 허전함이 묻어 있었다. 아무래도 부자인 지금의 집보다 무가로 이름을 날렸던 옛날의 가문을 더 좋아하는 것처럼 보였다.

"그런데 왜 집을 나갔지?"

장권호가 화제를 돌리며 질문하자 이석옥은 조금 놀란 듯 보였다.

"제가 집을 나갔다는 사실을 어떻게 알았나요?"

"그냥…… 감으로 물은 거야. 무림인을 싫어한다고 하는데…… 그 집안의 여자가 풍운회에 있다는 게 이상하지 않아? 풍운회에 간다고 했다면 분명 부모님의 반대가 있었을 텐데…… 반대를 무릅쓰고 나왔다면 몰래 집을 나간 것밖에는 없지."

"그렇지요, 확실히……."

이석옥은 인정한다는 듯 고개를 끄덕이더니 곧 미소를 보이며 말했다.

"집을 나간 게 맞아요. 정확히는 무단가출이죠. 호호."

그녀가 웃음을 보이자 장권호가 재미있다는 듯 물었다.

"가출한 이유는?"

"제 나이의 여자가 가출할 만한 일은 그리 많지 않아요. 제가 가출했다는 것을 맞히셨으니 그것도 맞혀보세요."

그녀의 말에 장권호는 당연하다는 듯 말했다.

"혼인 정도겠지. 이 정도의 부자라면…… 정략적인 혼인이 오갈 테니까."

"보기보다 똑똑하시군요."

이석옥은 그의 말을 인정했다.

"장 소협의 말처럼 갑작스러운 혼인 때문에 집을 나갔어요. 마땅히 몸을 의탁할 데가 없었는데 풍운회에서 받아주었지요. 거기다 어릴 때부터 무림인이 되고자 했던 제 꿈도 있었기에 풍운회의 생활은 즐거웠어요. 비록…… 힘든 일도 많았지만 말이에요."

이석옥의 말에 장권호는 다시 물었다.

"이제 그 혼인 문제가 잘 해결된 모양이군?"

"네. 위중하다는 아버님의 거짓 편지는 처음부터 눈치채고 있었어요. 그런 편지를 한두 번 받은 게 아니니까요. 그런데 이번에는 돌아오면 혼인 문제를 없었던 것으로 하겠다고 해서 온 거예요. 물론 조만간 풍운회로 다시 돌아가겠지만……."

그녀는 웃음을 보이며 말했다.

그에 장권호는 살짝 눈살을 찌푸렸다. 풍운회에 돌아간다는 말 때문이었다. 자신이 볼 때 이석옥은 지금의 모습이 무기를 들고 있을 때보다 훨씬 잘 어울렸다.

하지만 그 부분에 대해선 입을 열지 않았다. 어차피 개인이 정할 문제였기 때문이다.

"집안의 문제는 본래 잘 이야기 안 하는데 장 소협에게는 하게 되었네요. 그냥 이런 사정이 있었구나, 정도로 넘어가 주세요."

"그렇게 하지."

"시간이 늦었네요. 이만 가볼게요. 편히 쉬세요."

이석옥의 인사에 장권호는 미소로 화답했다. 그리고 그녀가 나가자 홀로 남은 방 안에서 다시 운기를 하였다.

*　　　*　　　*

이른 새벽부터 찾아온 유호 때문에 잠에서 깨어난 장권호는 그의 안내로 세가주를 만나게 되었다.

이가주는 후원의 깊숙한 곳에 위치한 작은 연무장에서 창을 든 채 이가창술을 펼치고 있었다.

붕! 붕!

창이 허공을 가를 때마다 강한 바람이 일어났고, 창끝에서 힘이 느껴졌다.

몇 번 창을 내지르고 거둔 그는 옆에 놓인 수건을 들어 얼굴에 흐르는 땀을 닦은 후 평평한 돌 위에 앉았다.

"왔으면 앉게나."

이정철이 자신의 옆자리를 손으로 치며 말했다.

"그럼."

장권호가 다가와 옆에 앉자 이정철은 아직도 숨을 고르지 못한 듯 몇 번 심호흡을 하더니 곧 입을 열었다.

"자네의 명성은 들었네. 정말 놀랍더군……. 그토록 젊은 나이에 나는 꿈에서조차 이루지 못한 일을 하였더군. 강호에서도 손에 꼽히는 추야장을 이기다니…… 자네는 정말 대단한 사람이야."

"과찬이십니다."

장권호는 겸손하게 고개를 저었다.

그런 그의 모습에 이정철은 장권호가 명성을 좇는 무림인은 아닐지도 모른다는 생각을 하였다. 보통 무림인이라면 자신의 명성을 높이기 위해 수단 방법을 안 가렸으며, 명성이 있는 자들은 자신을 더욱 높여주길 바랐다.

그렇기 때문에 늘 자신의 이름보다 멋들어진 명호로 불리길 바라거나 자신을 과신했고, 남에게 과시하기 위해 멋을 부렸다.

장권호에게선 그 어떠한 멋도 찾을 수 없었다. 하지만 뭔지 모를 분위기가 있었다. 나이는 젊으나 젊다는 것으로 그를 전부 말할 수는 없었다.

"과찬이 아니라 사실이네. 아무리 강호에서 멀어졌다고 해도 우리 이가는 오래전부터 무림에서 명성을 날렸던 곳이네. 그러다 보니 자연스럽게 강호의 소문을 듣곤 하지."

이정철은 담담히 말한 후 자리에서 일어나 다시 창을 잡더니 자신의 손때가 묻어 있는 창대를 어루만지며 입을 열었다.

"이가창은 총 구식(九式)으로 이루어져 있네. 그리고 각 식마다 서른 개의 초식이 있으니 도합 이백칠십초로 이루어져 있다고 할 수 있네."

휭! 휭!

창대를 잡고 원을 그려 보인 그는 장권호를 향해 미소를 보였다.

"받아보겠나?"

"거절하겠습니다."

장권호가 손을 저었다. 이정철과 굳이 대련할 이유가 없었기 때문이다.

이정철은 장권호가 거절하자 미소를 보이며 말했다.

"나는 무림인을 별로 좋아하지 않는다네. 그 이유를 아는가?"

"이 소저에게 대충 들었습니다."

"그랬군."

고개를 끄덕인 이정철은 예상했던 말이라는 듯 짧은 한숨과 함께 말을 이었다.

"본래 이가창은 십식에 총 삼백초의 무공이었다네. 하지만 마지막 십식이 절전되었지……. 그것만 아니었다면 아버님이 이기셨을 것이네."

그의 목소리에는 뜨거운 감정이 담겨 있었다. 비록 목소리에 힘은 없었지만 그 안에 담긴 감정을 장권호는 어렴풋이 느낄 수 있었다.

"무림인을 싫어하는 이유가 그것입니까?"

장권호의 물음에 이정철은 잠시 침묵했다. 하지만 곧 미소를 보이며 말했다.

"복수라는 감정 때문에 무림인을 싫어하는 게 아니네."

"그럼 무엇 때문입니까?"

"그들과의 대립 때문에 그런 것이라고 말하면 이해하겠나?"

"대립?"

이정철은 장권호가 궁금한 표정을 보이자 설명을 이어갔다.

"상인이 되어 큰돈을 벌었지만 아직 강남에 진출하지는 못했네. 그게 다 세가맹 때문이지. 그들은 우리가 크는 것을 반대하는 입장이라 지금까지 알게 모르게 그들에게 당한 것이 많다네."

장권호는 고개를 끄덕였다. 어느 정도인지는 확실히 알 수 없지만 이정철의 말 속에서 숨은 분노를 느낄 수 있었다.

"그 외에도 무림세가로서 남아 있던 자긍심에 대한 상처도 많이 받았네. 후후."

이정철은 낮은 목소리로 말한 후 곧 창을 내려놓았다.

"아무리 무공을 수련해도…… 그들을 이길 수가 없어……. 몇 년을 수련해도……. 솔직히 말하면 그들을 이기지 못하는 나 자신이 한심해서 싫어하는 것일 수도 있네."

담담히 말한 이정철이 장권호에게 시선을 던지며 말을 돌렸다.

"식사나 함께 하지."

"그러죠."

장권호의 대답에 이정철은 곧 식당으로 발걸음을 옮겼다.
그 옆으로 장권호가 그를 따랐다.

방으로 돌아온 장권호는 자신을 기다리는 이석옥을 만날
수 있었다. 그녀는 자신의 아버지인 이정철에게 장권호가 아
침부터 불려갔다는 사실이 마음에 걸린 듯 물었다.

"무슨 일이 있었나요?"

"특별한 일은 없었어."

"그래요? 음…… 특별한 일이 없었다니 다행이네요."

이석옥은 더 이상 묻지 않았다. 그가 입을 열지 않는데 계
속 묻는 것도 실례였고, 정말 궁금하면 아버지인 이정철에게
직접 묻는 방법도 있었다.

"하룻밤 잘 묵었으니 이제는 떠나야지."

장권호의 말에 이석옥은 조금 놀란 표정을 보였다. 설마
하룻밤만 묵고 떠날 줄은 몰랐기 때문이다.

"며칠 더 있지…… 벌써 가시다니요?"

"목적지가 있는데 마냥 놀고 있을 수는 없지 않나? 갈 길
이 있다면 가야지."

이석옥은 실망한 표정으로 입을 다물었다. 마땅히 그를 붙

잡아둘 방법이 떠오르지 않았다.

"언제 가실 건가요?"

"지금."

"지금이요?"

놀란 표정으로 이석옥이 바라보자 장권호는 당연하다는
듯 고개를 끄덕였다.

"그럼 가시기 전에 제 부탁 하나만 들어주세요."

"부탁?"

"네."

장권호는 그녀의 말에 궁금한 표정을 보였다.

"거절해도 되는 건가?"

"물론이에요."

"무엇이지?"

이석옥이 눈을 반짝이며 말했다.

"저하고 비무 한 번 해요. 이가창법을 보여주고 싶어요."

그녀의 말에 장권호는 슬쩍 미소를 보였다.

"설마…… 나를 이곳에 오게 한 이유가 비무 때문인가?"

"음…… 부정하지는 못하겠네요."

장권호가 미미하게 고개를 끄덕이자 이석옥이 반짝이는
눈동자로 말했다.

"장 소협 같은 고수분과 비무를 할 수 있다는 건 꿈같은 일
이에요. 그리고 제 인생에서 그런 기회는 그리 많지 않을 거

예요. 그 기회를 놓칠 수는 없지요."

장권호는 그녀의 말에 담담한 표정으로 말했다.

"그렇게까지 생각한다면 식비 대신이라고 해두지."

이석옥은 밝은 표정으로 자리에서 일어섰다. 장권호가 허락한다는 뜻을 보였기 때문이다.

"정말 고마워요. 고수를 제집에 두고도 비무 한 번 못했다면 그것만큼 손해도 없겠지요? 제 부탁을 들어주셔서 고마워요. 잠시 기다려주세요. 준비하고 올게요."

"마당에서 보자."

"네."

이석옥이 밖으로 나가며 밝은 목소리로 대답했다.

얼마간의 시간이 흐른 뒤, 검은 무복을 입은 이석옥이 손에 장창을 들고 나타났다. 그녀는 긴 머리카락을 단단히 묶었고, 눈빛은 사납게 반짝이고 있었다. 각오가 대단한 듯 보였다.

"최선을 다하겠어요."

이석옥은 장권호를 바라보며 굳은 목소리로 말했다.

약 삼 장 정도의 거리에 서 있던 장권호가 고개를 끄덕였다.

이석옥은 장권호와의 첫 만남을 떠올렸다. 그의 건방진 모습도 기억나지만 무엇보다 그의 강함이 떠올랐다. 그는 정말 강한 사람이었기에 자신이 최선을 다한다 해도 털끝 하나 다치지 않을 위인이었다.

그렇기 때문에 장권호와의 비무를 기대했다. 그와 비무한다면 상대에 대한 걱정 없이 마음껏 자신의 기량을 펼칠 수 있는 것이다.

"제가 먼저 시작할게요."

묵도를 오른손에 쥔 장권호가 고개를 끄덕였다. 언제든지 오라는 듯 그는 평범한 자세로 서 있었다.

이석옥이 재빠르게 한 발 앞으로 나서며 창을 내밀었다.

쉭!

이석옥의 창날이 공간을 가르고 마치 뇌전처럼 흰빛을 번뜩이며 장권호의 가슴을 찔렀다.

처음의 시작인 일영시(一影矢)의 쾌속함이었다.

장권호는 눈앞으로 날아드는 창이 마치 화살처럼 보이자 고개를 끄덕이며 반보 물러섬과 동시에 도를 들어 창날을 쳐올렸다.

그의 도에 담긴 강력한 분쇄공의 위력이 창날과 부딪치자 터졌다.

팍!

"……!"

막 일영시를 펼치고 앞으로 한 발 나서며 다음 초식으로 이어가려 했던 이석옥은 손안으로 밀려오는 강렬한 통증에 주춤거리며 물러섰다.

오히려 뒤로 세 발이나 더 물러선 그녀는 놀랍다는 표정으로 장권호를 바라보았다.

장권호는 여전히 같은 자세로 자신을 바라볼 뿐이었다.

"과연……."

쉭!

이석옥의 신형이 빠르게 움직이며 수십 개의 찌르기가 장권호의 전신을 노리고 날아들었다. 마치 수십 개의 화살이 사방에서 포위하듯 날아드는 것 같았다.

장권호는 날아드는 창날의 날카로움을 하나하나 눈으로 읽으며 최소한의 움직임으로 피했다.

그의 움직임이 마치 제자리에서 세 사람으로 변한 것처럼 보이자 이석옥은 창을 거둠과 동시에 몸을 돌려 창끝으로 장권호의 옆구리를 때렸다.

휭!

창에 담긴 힘이 대단한 듯 강렬한 바람 소리가 울렸다.

장권호는 묵도를 들어 옆을 막았다.

팍!

창대와 묵도가 부딪치자 불똥이 튀었다.

반보 회전하며 창대를 거둔 이석옥은 여지없이 장권호의 머리와 복부로 창을 찔렀다.

쉭쉭!

번개 같은 그 행동에 장권호는 그녀의 수준이 대단하다고 생각했다. 자신의 분쇄공이 담긴 힘을 견디면서 맹공을 펼치고 있었기 때문이다.

쾅!

장권호의 도가 창끝과 부딪치자 강한 폭음과 함께 이석옥의 신형이 뒤로 십여 걸음이나 밀려나갔다.

"헉!"

이석옥은 어이없다는 표정으로 장권호를 바라보았다. 그의 묵도와 부딪치는 순간 창을 타고 전해지는 보이지 않는 암경(暗勁)의 위력이 대단했기 때문이다. 무엇보다 초식의 연계를 이루지 못하였다.

어떤 무공이라도 초식의 연계는 중요했다. 흐름이기 때문이다. 초식의 연계와 함께 물이 흐르듯 내력도 흘러간다. 그 위력은 당연히 연계가 이어질수록 커질 수밖에 없었다.

하지만 장권호는 그러한 연계를 불가능하게 만들고 있었다. 내력을 끊기게 하였고, 중간에 초식을 그만두게 만들었다.

"왜 그러나?"

장권호가 무심한 눈으로 바라보자 이석옥은 자신도 모르게 어금니를 깨물었다.

'이런 사람이었어……. 이런 사람과 비무를 하려 했다니…….'

자신이 너무 초라해 보인다는 생각이 들었다. 그와의 격차가 현격하게 느껴졌기 때문이다.

　그에 포기하고 싶다는 생각도 들었지만 이런 기회는 흔하지 않았고, 이미 시작할 때 모든 초식을 펼치겠다고 마음먹었기에 다시 한 번 내력을 일으켰다.

　"합!"

　이석옥은 강한 기합성과 함께 번개처럼 장권호의 목을 창날로 베어갔다.

　횡!

　강렬한 바람과 함께 창이 바람을 가르는 소리가 울렸다. 동시에 그녀의 그림자 하나가 마치 환영처럼 생겨나 장권호의 무릎을 베어갔다.

　멀리서 보면 두 명의 이석옥이 장권호의 머리와 하체를 동시에 노리는 것처럼 보일 것이다. 그만큼 빨랐고, 피하기 어려울 정도로 적절한 시간의 격차였다.

　하지만 장권호는 피할 생각조차 없는 듯 묵도만을 움직였다.

　"늦어."

　따당!

　"큭!"

　한순간에 두 개의 묵빛이 일어나더니 금속음과 함께 이석옥의 신형이 뒤로 일 장이나 날아가 땅에 내려섰다.

그녀는 심각하게 굳은 표정으로 장권호를 바라보았다. 자신의 이영시(二影矢)가 허무하게 깨졌기 때문이다.

보통은 피하게 된다. 그러면 이영시와 연계된 삼영시로 적을 격살한다.

물론 막는 사람도 있었다. 그만큼 고수인 것이다. 하지만 막게 되더라도 이영시의 충격 때문에 바로 연계되는 삼영시를 피하지는 못하였다.

한데 장권호가 막는 것은 다른 사람들과는 차원이 달랐다. 부딪치는 순간 내력이 끊겼고, 강렬한 충격이 전신을 때렸다. 호신강기라고 생각하기엔 그 위력이 너무 대단해 다른 무언가가 있다고 여겨졌다. 아마도 그게 장권호의 비밀이란 생각이 들었다.

"우엑!"

이석옥이 피를 토하더니 창백한 안색으로 장권호를 노려보았다. 내상을 입은 사실을 보이기 싫었으나 목구멍으로 넘어오는 피를 참기가 힘들었다.

"콜록! 콜록!"

기침을 몇 번 한 그녀는 소매로 입가를 훔치더니 이제는 살기를 보이기 시작했다.

"몇 번을 해도 마찬가지야."

"흥! 저는 아직 다 보여준 게 아니에요."

이석옥은 싸늘한 목소리로 말하며 내력을 끌어올렸다. 그녀의 전신으로 뜨거운 기운이 맴도는 듯하더니 아지랑이 같은 기운이 투명하게 보였다.

그 모습을 본 장권호가 강렬한 살기를 눈에 담았다.

"이건 비무다. 살기를 보이면 그건 비무가 아니야. 책임질 수 있나?"

"음······."

장권호의 강렬한 살기에 자신도 모르게 한 발 물러선 이석옥은 침을 삼키고 살기를 거두었다.

"미안해요."

장권호는 미소를 보였다. 그녀가 자신의 감정을 제어했기 때문이다.

"너무 억울해서 그랬어요······. 이토록 쉽게 막힐 줄은 몰랐으니까요."

그녀가 상당히 억울하다는 듯 고개를 숙이며 충혈된 눈으로 말했다. 그리고 손으로 눈가를 훔친 후 장권호를 차갑게 쳐다봤다. 다시 한 번 생각해보니 왠지 너무 화가 났다.

"이렇게 쉽게 막을 수 있는 사람이면서 왜 손에 사정을 두지 않나요? 저는 이 비무에 최선을 다한다지만 장 소협은 아니잖아요? 손에 사정을 두어도 충분히 저를 상대할 수 있지 않나요? 그런데 너무나 매정하게 끊어버리는군요."

이석옥이 뭔가 억울하다는 듯 눈에 불을 밝히고 말하자 장권호는 살짝 눈살을 찌푸렸다. 한마디로 그냥 봐주면서 상대해달라는 말이었다.

"최선을 다한다고 하니 나도 최선을 다해야지. 그게 예의야."

이석옥은 말이 통하지 않자 짧은 숨을 내쉬며 고개를 저었다.

"초식은 끊기지…… 접근도 못하지…… 내력은 뚝! 뚝! 끊어지지…… 방법이 없네요."

"침투경(浸透經) 때문에 그런 모양이군."

"침투경인가요? 호신강기인 줄 알았는데."

이석옥은 침투경에 대해 알고 있었기에 가만히 고개를 끄덕였다.

장권호가 다시 말했다.

"장백파의 무공은 침투경을 내포하고 있기 때문에 상대를 움직이지 못하게 하지."

"그렇군요."

이석옥은 그제야 이해된다는 듯 눈을 반짝였다. 장권호에 대한 비밀 하나를 알아낸 기분이었다. 그리고 장권호가 왜 강한지 피부로 직접 느낀 시간이었다.

"볼일이 끝나면 다시 한 번 들르세요. 그때까지 창을 갈고 기다리고 있을 테니까요."

"풍운회에 간다더니?"

"뒤로 미루겠어요."

그녀의 말에 장권호는 고개를 끄덕였다. 어차피 다시 풍운회에 가야 할지도 모른다는 생각을 했기 때문이다. 강남에 갔다 올라오는 길에 들르면 될 터였다.

"그렇게 하지. 그럼 이만 가볼 테니 잘 지내고."

장권호가 도를 허리에 차고 이석옥의 앞으로 다가왔다.

그녀는 그가 가볍게 인사한 후 자신을 지나치자 왠지 묘한 기분을 느껴야 했다.

"저기."

이석옥의 부름에 장권호가 걸음을 멈추었다.

이석옥은 이내 고개를 저으며 말했다.

"조심하세요."

장권호는 그녀의 말에 가볍게 미소를 보인 후 곧 밖으로 걸어갔다.

*　　　*　　　*

이씨세가를 나온 지 칠 일 만에 구강에 도착한 장권호는 눈에 보이는 객잔을 찾아 들어가 휴식을 취했다. 지금까지 살면서 가장 오랜 시간 동안 배를 탔던 탓에 꽤나 지쳐 있었다.

사 일 동안 배를 타고 장강을 거슬러 내려오는 여행은 재미를 주었지만 피곤함도 함께 주었다. 좁은 선실에서 많은 사람들과 어울려 잠을 청했기 때문이다.

"손님."

문밖에서 점소이의 목소리가 들리자 장권호는 살짝 눈살을 찌푸렸다. 잠을 자려고 침상에 막 누우려던 순간이었기 때문이다.

"무슨 일이오?"

문을 열자 점소이가 두 손으로 편지를 내밀었다.

"어떤 손님이 이걸 전해달라고 하셨습니다."

"……?"

장권호는 점소이의 말에 편지를 손에 쥐고 문을 닫았다.

"아는 사람도 없는 이곳에서 편지라……."

조금 어이가 없긴 했지만 그리 길지 않은 내용이었기에 빠르게 읽은 그는 삼매진화로 편지를 태운 후 다시 잠을 청했다.

해가 지고 어둠이 내리자 눈을 뜬 장권호는 객잔을 나와 동쪽으로 걸었다.

한참을 걸은 그는 밝은 등과 함께 많은 사람들이 오가는 홍등가의 앞에 멈춰 섰다. 편지는 홍등가로 그를 초대하는 내용이었다.

편지가 말한 홍루를 찾아 걷던 장권호는 얼마 못 가 청해루라는 화려한 홍루로 들어갔다.

"찾는 아이라도 있으십니까?"

가까이 다가온 사십 대 초반의 여성이 눈웃음을 보이며 물었다.

"추월(秋月)."

"아! 그분이시군요. 따라오세요."

그녀는 조금 놀란 표정을 보였다 금세 사람 좋은 미소를 보이며 안내했다.

"저는 매영이에요. 이곳 루주지요."

장권호는 그녀의 말에 고개를 끄덕였다. 하지만 입을 열지는 않았다.

보통 루주가 직접 사람을 안내하는' 일은 드물었고, 큰손님이 아닌 이상 얼굴을 보일 일도 없었다. 하지만 오늘은 특별한 날이었기에 직접 문 앞까지 나와 손님들을 안내하였다.

그리고 그 특별한 날의 손님이 바로 장권호였다.

몇 개의 회랑과 정원을 지난 장권호는 삼 층의 전각으로 안내되었다. 전각 주변에는 꽤 많은 경비무사들이 서 있었다.

그 안으로 들어가 가장 위층의 문 앞에 도착한 매영이 안을 향해 말했다.

"손님을 모셔왔습니다."

"들어오세요."

곧 문을 열고 길을 비켜준 매영은 자신은 들어가지 못한다는 듯 장권호를 바라보았다.

그리고 장권호가 안으로 들어가자 문을 닫고 소리 없이 밑
으로 내려갔다.

"오랜만이군요."

주렴 너머로 굴곡진 몸매의 여자가 옆으로 누워 있었다.

장권호는 어렴풋이 보이는 여성의 선을 바라보며 말했다.

"추월인가?"

"그래요."

"재미있군."

"풋! 호호!"

귀여운 추월의 얼굴을 기대했던 장권호는 요염한 여자가
누워 있자 상당히 놀라고 있었다.

그녀는 장권호의 그런 표정이 재미있는지 크게 웃었다.

그녀의 요염한 목소리가 방 안에 울리자 주변 공기가 뜨겁
게 달아오르는 것 같았다.

"장 소협에게는 제 본모습을 보여드려야 할 것 같군요."

그녀가 자리에서 일어나 앉으며 주렴을 거뒀다.

이내 이십 대 초반의 아름다운 미인이 장권호의 눈앞에 나
타났다. 붉은 입술과 고혹적인 눈매가 매력적인 여자였다.

"다시 인사하죠. 추월이에요."

"반갑소."

추월은 다시 한 번 웃더니 곧 소리를 죽이고 말했다.

"이렇게 불러서 미안해요. 본래라면 제가 찾아가야 하지만 그래도 강호의 선배이다 보니 후배를 먼저 찾아갈 수는 없더군요. 호호."

그 말에 그녀의 전신을 살핀 장권호는 고개를 끄덕였다.

그 눈빛을 본 추월은 미소를 보였다. 자신이 은연중 펼친 기운을 그가 느낀 것처럼 보였기 때문이다.

"주안공이오?"

"그래요."

"대단하군."

"칭찬인가요?"

"물론이오."

장권호의 대답에 추월이 눈을 반짝이며 말했다.

"칭찬 고마워요. 오늘 보자고 한 것은 제가 이곳에 있었기 때문이에요."

"우연이오?"

"물론이에요. 저는 보름 전부터 이곳에 와 있었어요. 그런데 오늘 장 소협이 나타났다고 하더군요. 그래서 재빨리 편지를 보낸 거예요. 깜짝 놀랐나요?"

그녀가 눈을 크게 뜨며 묻자 장권호는 고개를 끄덕였다. 놀란 것은 사실이기 때문이다. 서안에서 헤어진 추월을 이곳에서 다시 보게 될 줄은 몰랐다.

"놀라고 있소."

"그렇게 보이지는 않는데요? 호호. 그래도 놀랐다고 하니 기분은 좋네요. 깜짝 놀랄 거라 예상했었으니까."

그녀는 상큼한 미소를 보였다.

그 모습에 장권호도 미소를 보내며 말했다.

"그런데 내가 보고 싶은 것은 작은 추월이오. 이렇게 여성 스러운 미인으로 자란 추월이 아니었다오. 만약 작은 추월이 었다면 더욱 놀랐을 것이오. 안아주었을지도 모르고."

"어머!"

장권호의 농담 섞인 말에 추월이 얼굴을 붉히며 눈을 크게 떴다.

그 모습에 장권호가 미소를 보이자 추월은 아쉽다는 듯 말했다.

"아쉽네요. 저는 이 모습을 더 좋아할 거라고는 생각했는데……. 지금 눈앞에서 보여주려니…… 창피하군요. 옷이 커서 아마…… 변하고 나면 알몸이지 않을까요? 엉큼한 사람이군요."

추월의 농담에 장권호는 옆에 놓인 차를 마셨다. 농담은 여기까지 하자는 의도로 보였다.

"그런데 왜 보자고 한 것이오?"

"보고 싶으니까요. 이곳에 있었는데 우연히 멋있는 장 소협이 나타났다니…… 아무 생각도 안 나더군요. 그냥 보고 싶어서 보자고 했다면 화내실 건가요?"

추월이 정말 궁금하다는 듯 바라보자 장권호는 고개를 저었다.

"화를 낼 이유가 있소? 어차피 내게 정보를 주기 위해 불렀을 텐데……."

장권호가 찻잔을 내려놓으며 가만히 시선을 주었다.

추월은 이내 눈동자를 빛내며 짙은 미소를 입가에 걸었다.

"장 소협의 추측이 맞아요."

"표정을 보니 내가 만족할 만한 내용인가 보오?"

"물론이에요."

"무엇이오?"

장권호가 궁금하다는 듯 묻자 추월이 잠시 뜸을 들이며 차를 마시더니 곧 입술을 혀로 살짝 훔치곤 말했다.

"먼저 정보를 알려주기에 앞서 장 소협이 알아두어야 할 게 한 가지 있어요."

추월의 말에 장권호가 굳은 표정을 보였다. 그녀의 눈빛이 차갑게 반짝였기 때문이다. 또한 입술은 미소를 보이고 있지만 눈동자는 무심하게 가라앉아 있었다. 웃음기가 없는 그녀였다.

"중요한 일인가 보군."

"그래요."

추월이 당연하다는 듯 대답했다.

"말하시오."

단순하면서도 간단한 장권호의 말에 추월은 표정을 굳혔다. 위압감 때문이었다.

'역시…… 대단한 사람이야…….'

그녀는 장권호의 위압감에 잠시 압도당하는 기분을 느꼈다.

"장 소협에게 정보를 주는 것은 어렵지 않아요. 단지 그 정보를 저희 하오문에서 얻었다는 사실이 중요해요. 우리에게 정보를 얻게 되는 즉시 장 소협은 강호를 적으로 돌리게 돼요. 하오문은 사파니까요. 제마멸사를 외치는 중원 사람들에게 장 소협이 맛있는 먹이를 주는 셈이에요."

"무슨 뜻이오?"

"간단해요. 장 소협의 무공을 시기하는 사람들이 많다는 의미지요. 안 그래도 중원의 입장에서 장 소협은 이방인이에요. 그런 이방인이 강호를 휘젓고 다니는 것을 가만히 구경만 하겠어요? 지금이야 특별한 일이 없으니 가만히 있겠지만…… 사파와 연관된 자라고 알려지는 순간 위험해질 거예요."

"그럴지도 모르겠군."

장권호는 고개를 끄덕였다. 이해가 되는 말이었기 때문이다. 무엇보다 이방인이라는 말이 가슴에 남았다.

"그 점을 알고도 들으시겠다면 알려드릴게요. 그리고 앞으로도 계속 아무런 대가 없이 장 소협이 원하는 정보를 주도록 하지요."

생각보다 어려운 말에 장권호는 가만히 침묵했다. 추월의 말은 곧 중원이 자신을 공적으로 몰기 위한 미끼를 기다린다는 뜻이었고, 그 미끼는 바로 하오문이었다.

"선택은 자유예요. 저라면 듣지 않겠어요. 오늘 이곳엔 그저 한 명의 남자로서 욕정을 풀기 위해 온 것이에요."

"그렇게 되는 건가?"

"그래요."

"듣겠다면?"

장권호의 말에 추월이 안색을 바꾸며 말했다.

"그렇다면 저희는 그들에게 장 소협과의 관계를 밝혀야 해요. 우리가 정보를 주었다고 말하겠지요……. 왜냐하면 장 소협은 그들을 공격할 테니까요."

"……!"

장권호는 굳은 표정으로 눈을 빛냈다. '그들' 이라는 말이 귀에 못이 박힌 듯 울렸다. 또한 그들에게도 정보를 줘야 한다는 추월의 말이 강하게 들렸다.

"당신도 위험한가 보오?"

"물론이에요."

추월이 눈을 반짝였다. 몇 마디 대화로 자신이 하는 일의 위험성에 대해 장권호가 어느 정도 파악한 것처럼 보였기 때문이다.

"나 혼자만의 문제라면 듣겠지만 남을 끌어들일 수는 없지. 거기다 이렇게까지 이야기하는 것을 보니 문주의 지시가 있었던 모양이오?"

"그래요······."

추월은 장로들과 문주와 회의를 통해 장권호의 문제를 의논했다. 장권호가 그냥 이렇다 할 고수였다면 큰 문제가 안되겠지만 귀문의 문주를 능가하는 고수였기에 이야기가 달라졌다. 그만큼 장권호는 본인도 모르는 사이에 강호에 큰 영향력을 행사하고 있는 것이다.

"반가웠소."

장권호가 자리에서 일어서자 추월이 말했다.

"그냥 가실 건가요? 이대로 그냥 가시면 저는 울 겁니다."

"시중이라도 들 생각인가?"

"물론이지요."

추월의 미소에 장권호는 다시 자리에 앉았다.

곧 추월이 눈웃음을 보이며 말했다.

"정말 안 들을 건가요?"

"추월을 위험에 빠지게 할 수는 없지."

장권호의 말에 추월은 그게 빈말이라는 것을 알면서도 왠지 기분이 좋아지는 것을 느끼며 옆에 내려온 줄을 당겼다.

이내 방울 소리와 함께 매영이 나타났다.

"준비해."

"예."

매영이 대답과 함께 나가자 추월이 은근한 눈빛으로 장권호를 바라보았다.

장권호는 그녀의 눈을 피해 차를 따라 마셨다.

곧 문이 열리고 술상과 함께 십 대 후반으로 보이는 세 명의 소녀들이 들어왔다.

그렇게 밤이 깊어갔다.

다음 날 아침, 눈을 뜬 장권호는 어제 자시까지 추월과 술을 마신 후 별채로 안내되어온 것을 상기하고 침상에서 일어났다. 침상 주변에는 세 명의 소녀들이 반라의 몸으로 잠을 자고 있었다.

탁자 위에 놓인 찻주전자를 통째로 들어 차를 마신 장권호는 곧 흐트러진 자신의 옷을 바로 하고 밖으로 걸어 나갔다.

어느새 일어났는지 아영이라 불리는 소녀 한 명이 옆에 나타났다.

"목욕물을 준비하겠습니다."

왼 볼에 보조개가 들어가는 그녀가 밝은 미소로 말했다.

그 모습에 차마 거절하지 못하고 장권호는 고개를 끄덕였다.

"그래."

그녀는 곧 욕실로 들어갔다.

목욕물을 준비하는 동안 의자에 앉아 창밖으로 보이는 정원을 구경하던 장권호는 나비 한 마리가 날아가다 꽃잎에 앉은 것을 보곤 잠시 그 모습을 쳐다보았다.

"무엇을 그렇게 보세요?"

어느새 아영이 다가와 물었다.

"나비."

장권호가 손으로 나비를 가리키며 말했다.

아영은 고개를 돌려 나비를 찾다 꽃잎에 앉은 작은 노랑나비를 보곤 밝은 미소를 보였다.

"예쁘네요. 저도 나비처럼 예쁘고 싶은데……."

"지금도 예쁜데 왜 그런 고민을 하지?"

"얼굴이 아니라 이 마음이요."

아영이 가슴에 손을 대고 말했다.

그게 어떤 의미인지 장권호는 알 수 없었다. 단지 아영은 나비를 부럽게만 쳐다볼 뿐이었다.

"마음이라……."

"물을 준비했어요. 제가 시중을 들 테니 가요."

그녀의 말에 장권호는 의자에서 일어나 욕실로 향했다.

욕실에는 뜨거운 수증기가 가득 차 있었는데, 훈훈한 그 느낌에 장권호는 기분이 좋아지는 것을 느꼈다.

상의를 벗어 아영에게 건네주자 아영은 손에 잡힌 그의 상의를 품에 안았다.

"혼자 씻을 테니까 나가봐."

"아니에요, 도와드릴게요. 그리고 그게 제가 할 일이에요."

그녀의 말에 장권호는 고개를 저었다.

"신경 쓰지 말고."

"그럼……"

아영이 고개 숙여 인사를 하자 장권호는 곧 몸을 돌렸다.

그 순간 장권호의 등으로 그녀가 안겼다.

팍!

"……!"

장권호가 굳은 표정으로 천천히 신형을 돌렸다.

아영은 매우 놀랍다는 듯 눈을 부릅뜬 채 뒤로 두 걸음 물러섰다. 그녀의 손에는 커다란 대침이 들려 있는데, 반이 부러진 상태였다.

"이럴 수가……"

아영은 눈으로 보고도 믿지 못하겠다는 표정으로 장권호를 바라보았다.

장권호 역시 믿을 수 없다는 표정으로 아영을 잠시 바라보다 곧 차갑게 눈을 빛냈다.

"살수?"

"칫!"

아영은 순간 양손으로 머리카락의 비녀를 뽑더니 번개처럼 장권호에게 던지며 뒤로 물러났다.

피핑!

불과 반 장의 거리에서 몸을 돌려 그녀가 날린 비녀를 피한 장권호는 한 걸음 앞으로 나섰다.

그 순간 그와 아영의 거리가 좁혀졌다.

장권호가 손을 뻗어 아영의 어깨를 잡았다.

"큭!"

아영은 아무것도 못한 채 어깨가 잡히자 인상을 쓰며 잠시 몸을 떨었다. 어깨를 통해 들어오는 날카로운 내력으로 인해 전신이 마비되는 고통을 느꼈기 때문이다.

고통 속에도 그녀의 우수에 들린 부러진 대침이 강한 빛을 발하고 있었다.

그녀는 입술을 깨물더니 번개처럼 몸을 틀어 장권호의 손을 잘라갔다.

쉬악!

회전하듯 움직이는 그녀의 행동에 장권호가 놀라 뒤로 한발 물러섰다.

핑!

허공을 가르고 제자리에 선 아영은 거친 호흡을 발하며 반쯤 주저앉은 왼 어깨를 잡고 있었다. 어깨가 부서지는 고통을 인내하고 펼친 한 수였다.

"무식하군."

장권호가 낮게 중얼거리자 아영은 식은땀을 흘리다 이내 뒤로 몸을 날렸다.

그 순간 장권호의 그림자가 아영의 눈앞에 나타났다.

퍽!

"크어억!"

그녀의 복부에 일권을 지른 장권호는 거친 호흡을 뱉어내며 뒤로 물러서는 아영을 바라보았다. 아영은 허리를 반쯤 숙인 채 몸을 떨고 있었다.

"무영루인가?"

장권호의 물음에도 아영은 그저 몸을 떨고만 있었다. 말을 할 수 있는 상황이 아닌 것처럼 보였다.

"너처럼 어린아이가 살수라니……."

장권호의 목소리가 낮게 울리자 아영은 고개를 들어 짙은 살기를 보였다.

"무영루인가?"

아영이 대답을 하려는 듯 작게 입을 열었다. 하지만 목소리가 흘러나오지는 않았다.

장권호가 한 발 다가서자 그녀는 무슨 말을 하려는 듯 중얼거렸다.

"그, 그건……."

그녀의 낮은 목소리에 장권호가 한 발 더 다가섰다.

그 순간 아영이 입을 크게 벌렸다.

핏!

그녀의 입에서 가느다란 비침 하나가 나오더니 섬전처럼 장권호의 눈으로 날아갔다.

팍!

장권호의 손이 어느새 눈앞을 막고 있었고, 검지와 중지 사이엔 머리카락처럼 가느다란 비침 하나가 잡혀 있었다.

아영은 도저히 믿을 수 없다는 듯 눈을 부릅뜨더니 이내 자리에 주저앉았다. 자신이 할 수 있는 일은 이제 아무것도 없었기 때문이다.

"호호……."

그저 실없이 웃었다.

어젯밤 그녀는 장권호가 자신을 안아줄 거라 굳게 믿고 있었다. 남자들은 모두 그렇게 했기 때문이다. 하지만 장권호는 어떤 여자에게도 손을 대지 않고 그저 잠을 잘 뿐이었다.

잠을 잘 때 죽이려고도 했다. 하지만 잠을 자는 그는 자는 것처럼 보이지 않았다. 조금이라도 살기를 보인다면 금세 알아차릴 것 같았다. 완벽하게 살기를 죽인다 해도 공기의 흐름으로 아는 게 고수들이었기 때문이다.

상대는 그런 존재였다. 그렇기 때문에 지금까지 기다렸다. 하지만 장권호에게 통하는 것은 아무것도 없었다.

"대단한 사람이군요."

아영은 미소 진 얼굴로 고개를 들어 장권호를 바라보았다.

주륵!

그녀의 입술 사이로 검붉은 피가 흐르자 장권호의 안색이 굳어졌다. 하지만 입을 열거나 그녀에게 다가가지는 않았다. 그저 가만히 서서 아영의 얼굴색이 변하는 것을 바라보고만 있을 뿐이었다.

"죽는 건…… 너무…… 무서워요……."

아영의 낮은 목소리가 조용히 욕실 안을 맴돌았다.

털썩!

제8장

기다린 사람들

칠흑같이 어두운 실내에 어렴풋이 탁자와 의자들이 보였다. 그리고 움직이는 검은 인영들도 몇 보였다.

그들이 자신들의 자리를 찾아 앉자 허공중에 목소리가 울렸다.

"십삼 호가 죽었습니다."

칙칙하고 어두운 목소리였다. 듣는 사람으로 하여금 저절로 인상을 찌푸리게 만드는 듣기 싫은 목소리에 좌중은 침묵했다. 그 어느 누구도 십삼 호의 죽음을 예상하지 못한 것처럼 보였다.

한참의 시간이 흐른 뒤에야 가장 상석에 앉은 듯한 검은 그림자가 입을 열었다.

"삼 호를 보낸다."

짧고 굵은 목소리였다.

그의 목소리에 의자에 앉아 있던 그림자 하나가 소리 없이 사라졌다.

예의 그 탁한 목소리가 다시 울렸다.

"삼 호가 실패하면 어찌하실 생각입니까?"

그의 목소리에 주변 공기가 가볍게 흔들렸다. 하지만 아무도 입을 열지 않았다.

"그럴 일은 없겠지만…… 만약 그렇게 되면 이번 일에서 우리는 손을 뗀다. 그리고 지하로 숨을 것이다."

"알겠습니다."

탁한 목소리의 대답이 끝나자 곧 상석의 그림자가 사라졌다.

이내 의자에 앉아 있던 그림자들도 하나씩 모습을 감추었다.

"적도 무섭지만 의뢰주는 더 무섭습니다. 만약의 사태에 대비를 해야 할 것 같습니다."

"그렇게 하지요."

탁한 목소리의 대답에 마지막 남은 그림자도 바람처럼 사라졌다.

어둠 속에 홀로 앉은 탁한 목소리의 주인공은 한참 동안 실내에 앉아 생각을 정리하고 있었다.

"삼 호가 죽으면…… 진퇴양난(進退兩難)이로구나……."

탁한 목소리가 방 안에 울렸다.

추월은 이른 새벽에 들어온 소식에 매우 놀라고 있었다.
그녀의 앞에는 매영이 죄스러운 표정으로 앉아 있었다.

"도대체 무슨……. 어떻게 이런 일이 일어날 수가 있지?"

매영은 추월의 당황스러운 표정에 고개를 숙였다.

"죄송합니다."

달리 다른 말을 할 수가 없었다.

"장 소협은?"

"방에서 쉬고 계십니다."

"부상은 없느냐?"

"예."

매영의 대답에 추월은 안도의 한숨을 내쉬었다. 만약 장권
호가 이번 일에 대해 하오문도 살수들과 한패가 아니냐는 의
심을 하게 되면 큰 문제였다. 일단 장권호를 만나 그러한 의
심부터 없애야 한다고 생각했다.

"일단 입단속 철저히 하고, 이런 불미스러운 일이 다시는
일어나지 않도록 신분 조사를 철저히 하도록 해."

"알겠습니다."

매영의 대답을 들은 추월은 자리에서 일어나 빠른 걸음으
로 장권호의 처소로 향했다.

방 안에 앉아 있던 장권호는 상당히 굳은 표정이었다. 전혀 생각지도 못한 상대가 살수였기 때문이다. 게다가 임무에 실패하자 여지없이 자결을 택한 상대였다. 그것도 어린 소녀라는 사실이 그의 마음을 무겁게 하였다.

'마음을 다스리지 못하다니…… 나도 멀었군…….'

장권호는 좀 전의 일을 후회하듯 생각했다. 조금만 냉정했다면 먼저 상대의 마혈을 제압해 움직이지 못하게 했을 것이다. 하지만 그러지 못한 것은 자신이 당황했다는 증거였으며, 마음이 급했다는 뜻이었다.

"안에 계시면 들어갈게요."

문이 열리고 추월이 들어오자 장권호는 그녀의 방문에 씁쓸한 미소를 보였다.

추월은 빠른 걸음으로 다가와 장권호의 맞은편에 앉았다.

"정말 죄송하군요. 제 손님인데…… 이런 불미스러운 일이 생길 줄이야……. 아무래도 본 문에 첩자가 있는 모양이에요."

"아무 관계가 없다는 뜻이오?"

"물론이에요."

그녀의 대답에 장권호는 고개를 끄덕였다.

추월이 다시 말했다.

"죽은 살수는 제가 이곳에 도착한 후에 들어온 아이예요.

그 아이를 소개한 사람이 본 문 사람이었기에 크게 의심하지는 않았어요. 그런데 이런 문제가 생겼네요."

"알겠소."

"이렇게 본 문에 깊숙이 외부 세력이 침투하고 있을 줄이야……. 조금 충격이 크네요."

추월은 상당히 날카로운 표정으로 창밖을 바라보았다. 머릿속엔 무수히 많은 생각들이 오가고 있었다.

생각보다 자신이 크게 알려져 있는 것 같았다. 그렇지 않다면 자신이 장권호를 만날 거라는 사실을 어떻게 알고 이들이 살수를 보낼 수 있었을까? 분명 불가능한 일이었다. 내부의 적이 알리지 않는 이상 그 사실을 알 순 없었다.

"본 문의 간부 중 누군가가 첩자예요."

추월은 낮은 목소리로 중얼거리며 하오문의 중요 인물들의 얼굴을 머릿속에 그려나갔다.

"이만 가보겠소."

"본 문과는 관계없다는 것만 알아주시면 고맙겠어요."

장권호가 자리에서 일어서자 추월이 빠르게 말했다.

그녀의 말에 장권호는 다시 한 번 고개를 끄덕였다.

장권호가 밖으로 나가자 추월은 깊은 상념에 잠긴 표정으로 이번 일의 심각성을 다시 한 번 생각하였다.

객잔으로 다시 돌아온 장권호는 상당히 굳은 표정으로 자리에 앉아 창밖을 바라보고 있었다. 그의 머릿속으로 무수히 많은 생각들이 스치고 지나갔다.

이내 장검명에 대한 생각이 떠올랐다.

자신에게는 아버지 같은 사형이었다. 그런 사형도 자신처럼 이렇게 어떤 적인지도 모르는 상대에게 공격을 받았던 것일까? 자신은 죽은 대사형과 같은 경험을 하고 있는 게 아닐까?

'그들이라······.'

분명 추월은 그들이라고 하였다. 그것이 그녀가 자신에게 준 정보였고, 아마도 그녀가 말할 수 있는 한계였을 것이다.

하오문의 존폐조차 위협하는 그들이라고 한다면 과연 어떤 단체일까? 그 정도의 힘을 가진 곳이라면 과연 어떤 곳일까?

많은 궁금증과 생각들이 머릿속을 어지럽혔다. 하지만 아무리 생각을 해봐도 결론이 나오지 않았다. 그저 먼 하늘에 떠다니는 구름처럼 보였고, 눈앞을 안개가 막고 있는 것 같았다.

무엇보다 무거운 중압감이 가슴을 누르고 있는 기분을 느꼈다.

'사형도 이런 기분이었을까······?'

문득 창을 통해 들어오는 더운 바람도 한없이 차갑게만 느껴졌다. 그것은 십 대 소녀가 살수라는 사실에 충격을 느낀 것보다 지금은 그저 혼자라는 사실에서 오는 외로움이었다.

"크악!"

창을 통해 밖을 보던 장권호는 밑에서 들리는 비명 소리에 시선을 문 쪽으로 향했다. 비명 소리가 일 층의 식당에서 들렸기 때문이다.

비명 소리가 들리니 자연스럽게 호기심이 생겨 본능적으로 문을 열고 난간에 기대어 일 층을 바라보았다. 무기를 든 꽤 많은 장정들이 일남일녀가 앉아 있는 탁자를 포위하고 있었다. .

일남일녀 중 남자는 그저 담담한 표정으로 차를 마셨고, 맞은편에 앉아 있는 여자의 손에는 검이 들려 있었다. 특이한 게 있다면 검 끝에 붉은 혈흔이 묻어 있다는 점이었다.

그리고 조금 떨어진 탁자에 가슴을 부여잡고 누워 있는 사내가 보였는데, 그 사내는 일남일녀를 포위한 장정들의 일행과 같은 복장이었다.

이십 대 초반에 조금 차가운 눈빛을 하고 있는 여자는 검을 오른손에 쥔 채 입가에 조소를 담고 있었다. 그녀는 상당한 미인으로, 왼 볼에 작은 점이 있는 게 매력적이었다.

"천한 것들이 어디서 감히 치근거리느냐."

그녀가 마치 벌레를 보는 듯한 시선으로 좌중의 사내들을 노려보자 사내들 중 삼십 대 초반으로 보이는 짧은 수염에 강인한 눈빛을 한 인물이 한 발 앞으로 나섰다.

"그 말은 좀 참기 힘든걸."

사내의 말에 여자의 눈동자가 그에게로 향했다. 그녀는 앞에 나타난 사내가 우습다는 듯 피식거리며 말했다.

"참기 힘들면? 목숨이라도 내놓고 덤비겠다는 거냐?"

"내 수하가 실수를 해서 건방진 계집이 손을 본 것은 그냥 참고 넘어가주겠지만 우리 모두를 우습게 보는 건 참기 힘들군."

여자는 태연히 의자에 앉은 채 왼손으로 차를 마셨다. 그리곤 마치 산책이라도 나온 듯한 표정으로 사내를 향해 말했다.

"어디서 개가 짖는군."

"풋! 하하하!"

마주 앉은 남자가 호탕하게 웃었다. 그녀의 말이 참으로 재미있게 들린 모양이다.

그에 사내는 귓불까지 빨개진 얼굴로 몸을 떨더니 크게 외쳤다.

"안하무인에 예의라곤 눈곱만큼도 없는 계집이로군. 어디의 어떤 년인지 모르나 내 직접 부모를 대신해서 네년을 교육시켜야겠다."

스릉!

사내가 그 말과 함께 허리에 차고 있던 유엽도를 꺼내 손에 쥐자 여자가 미소를 보이며 말했다.

"개가 짖으니 시끄러워서 밥 먹을 기분도 안 나는군."

슥!

여자가 자리에서 일어섰다.

그것을 본 사내가 어깨를 한 번 더 떨더니 사납게 외쳤다.

"이런 망할 년 같으니라고!"

쉬악!

사내가 바람처럼 한 발 앞으로 나서며 여자의 정수리를 장작 쪼개듯 내리찍었다.

여자는 자리에 앉은 채 날아드는 도를 향해 검을 들어 가볍게 막았다.

땅!

금속음이 울리고, 사내가 매우 놀란 표정으로 밀려오는 반탄력에 주춤거렸다.

그 짧은 찰나의 순간 여자의 검이 사내의 우측 어깨를 베며 뒤로 지나쳤다.

"크아악!"

비명성이 크게 울렸고, 피와 함께 사내의 오른팔이 떨어져 나갔다.

여자는 냉담한 시선으로 사내의 목에 검을 겨누었다.

사내는 비틀거리며 혈을 눌러 지혈했고, 창백하게 변해버린 얼굴로 여자를 노려보았다.

"목도 잘라줄까?"

"잔인한 년 같으니."

"잔인? 내 머리를 자르려 한 네놈의 초식은 잔인하지 않고? 내가 피하지 못했다면 내 머리가 반으로 갈라졌을 텐데? 그게 더 잔인하지 않을까?"

사내가 여자의 말에 온몸을 떨었다.

"이년!"

여자의 뒤에 서 있던 청년 한 명이 도를 들어 덮치려 하자 여자의 일행인 남자가 젓가락을 던졌다.

퍽!

"크악!"

비명과 함께 뒤로 나가떨어진 청년이 눈을 뒤집은 채 절명했다. 그의 이마에는 젓가락이 반쯤 박혀 있었다.

앉아 있던 남자가 자리에서 일어나며 말했다.

"이런…… 함부로 나서면 쓰나……. 죽고 싶은 사람이라면 나서도 되겠지만 말이야."

남자는 부드러운 미소를 보이며 손에 젓가락 하나를 들고 이리저리 움직였다.

그에 사내가 식은땀을 흘리며 여자를 향해 분노 섞인 표정으로 물었다.

"이름을 밝혀라. 내 기필코 오늘의 일을 기억할 테니. 우리 도성문(刀星門)은 네 연놈들을 용서하지 않을 것이다."

"호호호!"

여자는 어이가 없다는 표정으로 크게 웃었다.

그녀의 행동에 사내는 더욱 눈살을 찌푸렸다.

"알면? 네놈처럼 벌레 같은 놈이 찾아와서 복수를 하겠다고? 지나가는 개가 웃겠구나. 네놈에게 그럴 용기가 있는지 궁금하구나."

사내는 모멸감에 입술을 깨물었다. 어찌나 세게 물었는지 핏방울이 흘러내렸다.

그런 사내의 모습이 재미있는지 여자는 고개를 끄덕였다.

"그래…… 네놈의 그 용기를 시험해보자. 나는 남궁령이다."

"……!"

사내가 남궁령의 이름에 눈을 부릅떴다.

그 모습에 남궁령은 다시 웃었다.

"호호호! 언제든지 와라. 남궁가와 척을 지고도 네놈의 벌레 같은 도성문이 존재할까?"

"이……."

사내는 남궁령의 이름에 온몸을 떨 수밖에 없었다. 그녀의 말은 사실이었고, 남궁세가와 원한을 맺을 자신 또한 없었다. 자기 혼자만의 문제라면 아무런 상관이 없겠지만 도성문이 걸려 있었다.

"꺼져."

남궁령의 말에 사내는 아무 말도 못하고 부하들의 부축을 받으며 밖으로 나갔다.

그들이 모두 밖으로 나가자 남궁령은 다시 의자에 앉았다. 그리고 품에서 붉은 손수건을 꺼내 검날에 묻은 피를 닦았다.

마주 앉은 남자가 말했다.

"령 매는 너무 미인이라 문제야……. 오늘도 봐봐, 령 매가 예쁘니까 도성문 같은 개들도 치근거리잖아? 앞으로는 면사라도 하고 다녀. 아니면 남장을 하는 것은 어때?"

진지한 표정으로 남자가 말하자 남궁령은 기분이 좋은지 가볍게 웃으며 말했다.

"휘 오라버니도 참……. 그렇게 남을 칭찬해서 얼마나 많은 여자들을 꼬인 건가요?"

남궁령의 말에 모용휘가 양손을 저으며 말도 안 되는 소리를 한다는 듯 큰 소리로 말했다.

"무슨 소리! 내가 풍류는 알아도 아직 여자의 손목 한 번 잡아본 적이 없어."

그의 강한 부정에 남궁령이 눈웃음을 보이며 말했다.

"풍류 공자께서 여자의 손목도 못 잡아봤다라……. 그럼 일 년 전 우리 오라비하고 함께 간 그 기루는 뭔가요? 그것도 포양호에 배까지 띄우고 삼 일 동안 논 것으로 아는데? 이번에 저희 집에 가면 오 일 동안 놀기로 약속했다고 들었는데요?"

"이런……. 그건 다…… 욱이가……."

마치 해명하기 어려운 변명을 하려는 듯 모용휘가 말끝을 흐리자 남궁령은 재미있다는 듯 웃었다.

"흠! 어이! 주인장!"

자신을 뚫어져라 쳐다보는 남궁령의 시선을 피해 모용휘가 주인을 불렀다.

이내 급한 걸음으로 주인이 나타났다.

"왜 이렇게 음식이 늦어? 어서 빨리 가져오게."

"알겠습니다. 주방으로 가서 재촉하겠습니다."

주인은 재빨리 대답한 후 주방으로 달려갔다.

주인이 황급히 자리를 피하는 모습을 바라보던 모용휘는 문득 이 층에서 느껴지는 시선에 고개를 들었다. 그곳에 서서 물끄러미 밑을 보고 있던 장권호의 눈이 모용휘와 마주쳤다.

모용휘의 시선을 따라 고개를 든 남궁령도 장권호와 시선이 마주쳤다.

"아는 사람이에요?"

남궁령이 고개를 돌려 모용휘에게 묻자 모용휘는 고개를 저었다.

"처음 보는 사람인데?"

모용휘의 말에 남궁령은 살짝 아미를 찌푸렸다. 누군가 자신을 쳐다보고 있다는 생각에 기분이 나빠진 것이다. 좋은 뜻이라면 상관없지만 왠지 그런 기분이 들지는 않았다.

남궁령이 다시 고개를 들어 장권호를 쳐다보았다.

장권호는 그녀의 시선에 고개를 돌려 입구를 바라보았다. 그러자 자연스럽게 남궁령의 시선도 입구를 향했다. 모용휘 역시 그쪽으로 시선을 던졌다.

그곳에 도성문의 무사들이 상당수 입구를 막고 서 있었다.

"이런, 간 줄 알았더니……. 이 객잔은 냄새가 지독한 모양이야, 저렇게 개들이 많으니."

"먹을 거라도 줄 걸 그랬나요?"

남궁령은 여흥이라도 즐기는 시선으로 분노에 찬 도성문의 표정들을 둘러보았다. 모용휘도 같은 마음인지 부드러운 미소를 입가에 걸고 있었다. 하지만 눈동자는 차갑게 번뜩였다. 객잔 밖에서 자신을 바라보는 그들의 시선이 마음에 들지 않는다는 뜻이었다.

"얼마나 소심하면 안으로 들어오지도 못한 채 밖에서 저렇게 구경을 하지요?"

"령 매는 벌레가 말을 하는 것 봤어?"

"아하! 호호호! 그렇군요. 제가 한 대 맞은 기분인데요."

"신경 쓰지 말고 음식 나오면 그거나 먹자고. 어차피 도발도 못하는 놈들이니."

모용휘의 말에 남궁령은 고개를 끄덕였다. 그의 말처럼 그들이 아무리 분노를 표현해도 힘으로 이야기할 수 있는 상대가 아니었다. 세상의 어느 누가 감히 남궁세가를 건들 수 있을까? 남궁령의 눈빛에는 그러한 자신감이 묻어 있었다.

저벅! 저벅!

단단한 청석 바닥을 강하게 누르는 발소리에 남궁령과 모용휘가 흥미로운 눈빛으로 입구를 바라보았다. 그곳에 이십 대 중반으로 보이는 꽤 준수한 외모의 청년이 서 있었다. 그는 허리에 유엽도를 차고 있었는데, 풍기는 기도가 상당했다.

저벅! 저벅!

그가 걸어 들어오자 바닥의 돌이 갈라졌다.

남궁령과 모용휘의 눈빛이 반짝였다.

걸어 들어온 청년은 두 사람과 이 장 정도 떨어진 거리에 멈춰 섰다. 그리고 상당히 날카로운 살기를 보이며 포권했다.

"도성문의 임소궁이 남궁 남매에게 인사드리오."

그의 말에 모용휘가 피식거리며 자리에서 일어섰다.

"나는 모용휘라 하네. 남궁세가의 사람이 아니지."

"그랬소? 미안하오. 반갑소."

임소궁이 몰랐다는 표정으로 어깨를 한 번 으쓱거리더니 곧 허리에 찬 유엽도의 손잡이를 손으로 잡았다.

"두 분에게 내 사형이 큰 잘못을 한 것이오? 그것도 팔이 잘릴 정도로 말이오?"

그의 낮은 목소리에 남궁령도 자리에서 일어섰다. 처음 만난 사내보다 월등히 뛰어난 기도를 가진 데다 후기지수 중 제법 알려진 자였기 때문이다.

"어머, 무슨 그런 말씀을 하시나요? 개의 팔이 하나 잘렸기로서니 무슨 문제 될 게 있나요?"

그녀의 말에 임소궁의 어깨가 미미하게 떨렸다. 그는 분노한 눈빛으로 강한 살기를 표하며 도를 빼들었다.

그의 강한 살기가 객잔 안의 공기를 차갑게 만들었다.

"오! 생각보다 좋군."

스릉!

이번에는 모용휘가 검을 빼들자 임소궁이 말했다.

"이 일은 남궁 소저와 우리 도성문의 문제요. 그러니 모용형은 빠지시오."

"무슨 소리."

모용휘가 검을 들어 저었다.

"남궁세가와 우리 모용세가는 형제 같은 사이인데 어떻게 빠지라는 건가? 내 여동생을 위협하려는데 오라비로서 가만히 있을 순 없지. 자네는 내가 상대하지."

"나는 남궁 소저의 팔을 잘라야 화가 풀리겠소. 만약 모용형이 상대하겠다면 모용 형의 팔을 자를 것이오."

"내가 패하면 기꺼이 팔을 주지. 후후후. 허나…… 내가 이기면 네 팔을 자를 것이다. 그럴 수 있느냐?"

"물론이오."

모용휘가 미소를 보이며 말하자 고개를 끄덕인 임소궁은 도를 가슴 앞으로 올리고 팔을 꺾어 모용휘에게 도 끝을 겨누었다.

그의 눈이 뒤에서 팔짱을 끼고 있는 남궁령에게 향했다.

"남궁 소저도 모용 형이 패한다면 사죄를 해야 할 것이오."

"호호호!"

남궁령은 마치 이겼다는 듯이 말하는 임소궁의 모습에 어이없다는 듯 크게 웃더니 곧 고개를 끄덕였다.

"그렇게 하지요. 무릎 꿇고 사죄할 테니 걱정하지 마세요……. 단! 휘 오라버니가 졌을 때의 이야기예요."

"약속하는 것이오?"

"물론."

"걱정 마세요. 남궁세가의 이름을 걸고 약속하지요."

모용휘가 고개를 끄덕이고 남궁령이 자신의 가문까지 거론하자 임소궁은 날카로운 눈빛을 반짝였다.

팟!

순간 땅을 찬 임소궁의 신형이 번개처럼 앞으로 튀어나오며 모용휘의 허리를 베어갔다.

횡! 거리는 강한 바람 소리와 함께 그의 도가 날아들자 모용휘는 그저 가볍게 뒤로 두 발 물러섰다.

"생각보다 급한 놈이로군."

모용휘가 검을 들어 손목만으로 원을 그리며 말하자 임소궁의 입가에 차가운 미소가 걸렸다.

삭!

옷자락이 잘리는 소리와 함께 자신의 소맷자락이 잘리자 모용휘의 안색이 굳어지며 그의 눈동자에 강렬한 빛이 번뜩였다.

"취소하지."

모용휘는 바로 검을 늘어뜨렸다. 그러자 웅! 웅! 거리는 미미한 검명이 객잔 안에 울렸다.

그 소리에 임소궁의 표정이 굳어졌다.

'검명……'

검기를 자유로이 다루는 경지에 이른 자만이 이룰 수 있는 소리였다.

쉭!

모용휘가 바람처럼 땅을 밟으며 앞으로 검을 뻗자 검이 산개하듯 흩어지더니 송곳 같은 광채가 임소궁의 전신을 꿰뚫어갔다.

임소궁은 옆에 놓인 탁자를 도로 쳐올렸다.

퍼퍼퍽!

탁자에 수십 개의 구멍이 뚫리는 소리가 울렸다.

어느새 좌측으로 돈 임소궁이 회전하며 모용휘의 허리와 목을 베었다.

쉭쉭! 거리는 소리와 함께 임소궁의 신형이 낮은 자세로 베는 모습과 잔상처럼 서 있으면서 베는 모습이 나타났다.

벽산도법(碧山刀法)의 절초인 쾌산벽도(快山劈刀)가 잔상과 함께 날아들자 모용휘는 일순간 위험해 보였다. 그만큼 임소궁의 움직임은 빠르고 힘이 있었다.

뒤에서 지켜보던 남궁령도 놀란 듯 잠시 눈을 크게 떴다.

하지만 상대는 모용휘였다.

휘릭!

모용휘의 신형이 반보 옆으로 물러서며 유성멸사(流星滅死)의 초식으로 빠르게 임소궁의 도를 쳐냈다.

따당!

강력한 금속음과 함께 불똥이 튀었고, 임소궁의 신형이 뒤로 반보 물러섰다.

그사이 모용휘가 임소궁의 목젖을 향해 검을 일직선으로 찔러왔다. 누구나 알 수 있는 선인지로의 초식이었다.

임소궁은 적절한 그의 공격에 안색을 굳히며 반보 옆으로 피했다. 그리고 모용휘의 옆구리를 향해 반회전하며 회전력과 내력을 더해 베었다.

모용휘는 재빠르게 검면으로 옆구리를 막았다.

이내 금속음과 함께 임소궁의 도와 모용휘의 검이 부딪쳤다.

"……!"

도를 거두려던 임소궁은 마치 늪에 빠진 것처럼 도가 검에 달라붙어 거두어지지 않자 잠시 당황했다.

그 시간은 매우 짧았다. 하지만 그 시간을 놓칠 모용휘가 아니었다.

검을 튕겨 임소궁의 도를 밀어낸 모용휘는 번개처럼 빠르게 그의 가슴으로 검을 찔렀다.

휘릭!

임소궁의 신형이 빠르게 좌측으로 물러섰다. 하지만 모용휘의 검을 다 피하지 못한 듯 가슴 앞의 옷자락이 잘리더니 피가 흘러내렸다.

"크윽!"

임소궁은 안색을 굳히며 신음했다.

모용휘가 검을 들어 손목만을 이용해 몇 번 원을 그리더니 날카로운 표정으로 말했다.

"도성문의 신성(新星)이라고 불리니까 하늘 높은 줄 모르는 모양이구나. 그 실력으로 내 팔을 자르겠다고? 우리 집의 돼지도 네놈보다는 강할 것이다."

"아직 끝난 게 아니오!"

임소궁이 분노한 표정으로 외쳤다.

그에 남궁령이 말했다.

"그만하시죠. 만약 휘 오라버니가 조금만 더 힘을 줬어도 당신 가슴에는 구멍이 뚫렸을 거예요. 그러니 고마운 줄 아세요."

"나는 아직 끝난 게 아니라고 말했소."

임소궁이 크게 말한 후 도 끝을 모용휘에게 겨누자 그의 전신으로 강한 기도가 발산되었다.

그의 기백에 모용휘가 고개를 끄덕이더니 다시 말했다.

"어디 한번 네놈의 실력을 보자."

"하압!"

임소궁이 크게 외치며 사자처럼 맹렬한 기세로 모용휘를 공격하기 시작했다. 그 기세가 워낙에 사나워 모용휘는 발을 움직여 피해갔다.

쾅! 쾅!

탁자가 조각나고 의자가 잘리며 삽시간에 객잔 일 층은 아수라장이 되었다. 그 가운데 모용휘는 여유로운 표정으로 임소궁을 바라보고 있었고, 임소궁은 점점 지쳐가는 듯 땀을 비 오듯 쏟아내고 있었다.

무엇보다 모용휘의 걸음이 놀라웠다. 그는 탁자와 의자의 파편을 밟지도 않았으며, 객잔의 실내라는 좁은 곳에서도 원을 그리며 임소궁의 도를 잘 피하고 있었다.

"돼지가 아니라 멧돼지네요."

남궁령이 웃으며 말하자 임소궁은 충혈된 눈으로 뛰어올

라 모용휘의 머리를 잘라갔다.

"으압!"

강한 기합성과 함께 임소궁이 양손으로 도를 잡고 뛰어 올라오자 모용휘는 눈을 반짝였다. 가장 어리석은 선택을 했기 때문이다.

모용휘가 재빠르게 검을 들어 임소궁을 향해 십여 개의 검기를 뿌렸다. 그러자 백색 섬광이 객잔을 가득 채우며 임소궁의 전신을 난타했다.

"크악!"

임소궁은 비명과 함께 뒤로 나가떨어졌다.

그는 땅을 구르다 일어섰는데 전신에 수십 개의 구멍이 뚫려 있었고, 그곳에서 핏방울이 흘러나오고 있었다. 서 있는 것조차 신기해 보일 정도였다.

"크으윽!"

임소궁이 신음과 함께 피를 토하더니 비틀거리며 모용휘와 남궁령을 쳐다보았다.

"빌어먹을……."

임소궁의 말에 모용휘가 미소를 보이며 말했다.

"애초에 너와 나는 태어난 순간부터 실력이 달라. 그걸 알아야지……. 주제 파악을 하라고. 삼류 문파에서 이름 좀 날린다고 그렇게 함부로 날뛰는 게 아니야."

모용휘의 말에 심한 모멸감이 밀려왔지만 임소궁은 전신

을 떨기만 할 뿐 움직이지 못하고 있었다. 그의 말이 사실이었기 때문이다. 모용휘가 조금만 더 손에 힘을 주었다면 분명 전신에 구멍이 뚫렸을 것이다.

모용휘는 마치 놀리기라도 하듯 임소궁의 피부만 살짝 찌르고 검을 뺐다. 보기에는 피가 많이 흐르는 것 같지만 생명에는 지장이 없었다.

그것이 실력의 차이였다.

임소궁 역시 강서성에선 이름이 알려진 후기지수였지만 태어날 때부터 무공을 배운다는 모용세가의 모용휘에게는 미치지 못했다. 강호 전체의 후기지수와 강서성의 후기지수에는 당연히 차이가 있었다.

"휘 오라버니도 참…… 봐주는 게 없다니까. 호호! 그래도 포양호의 신성이라 해서 기대를 좀 했는데 실망이네요. 잠시지만 즐거웠어요."

남궁령이 가볍게 미소를 보이며 인사를 하자 이빨을 악문 임소궁은 힘겹게 자신의 도를 들었다. 도를 든 그의 손은 떨리고 있었으며, 분노만이 눈동자에 남아 있었다.

"이번에 덤비면 죽인다."

모용휘가 지금까지와는 다른 차가운 살기를 보이며 낮게 말하자 임소궁의 전신이 다시 한 번 떨렸다.

하지만 이미 결심을 한 듯 말했다.

"차라리 죽겠다."

임소궁의 말에 모용휘가 싸늘한 살기를 보이더니 강렬한 신광과 함께 전신에서 차가운 한기를 쏟아냈다.

그의 강한 기도에 위압감을 느낀 임소궁은 일순 주춤거렸다. 그럴 수밖에 없는 것이, 모용휘의 존재감이 너무나 커 보였기 때문이다. 자신보다 월등히 뛰어난 실력자란 사실을 다시 한 번 피부로 느낄 수 있었다.

"사람을 죽이는 일은 썩 좋은 일이 아니지……. 하지만 네 놈처럼 사리 분별 못하는 놈은 차라리 죽는 게 나아. 그게 도성문에 더 도움이 될 테니까."

그 말과 함께 처음으로 검을 눈높이까지 든 모용휘는 모용세가의 검법인 자전검법(紫電劍法)을 펼치려 했다. 자전검법은 상대가 죽거나 치명상을 당하지 않는 이상 절대 멈추지 않는 검법으로 유명했다.

스윽!

반보 앞으로 이동하며 모용휘의 신형이 움직이려 했다.

임소궁은 긴장한 듯 침을 삼켰고, 남궁령은 당연히 임소궁의 머리가 잘릴 거라 생각했다.

그때 '짝!' 거리는 박수 소리가 크게 울렸다.

"……!"

일 층에 있던 세 사람의 신형이 저절로 소리가 난 곳을 향해 고개를 들었다.

그곳에 장권호가 서 있었다.

장권호의 날카로운 박수 소리가 객잔 전체에 울린 것이다.

그들의 시선에 아무것도 아니라는 듯 어깨를 한 번 으쓱거린 장권호는 다시 박수를 쳤다.

짝! 짝! 짝!

그의 박수 소리가 계속 울리자 모용휘가 기분 나쁜 듯 인상을 썼고, 임소궁은 전신의 힘이 다한 듯 비틀거렸다.

남궁령도 아미를 찌푸렸다.

"오늘은 좀 시끄럽네요. 구경하던 개가 짖지를 않나."

"그러게……. 누가 개 아니랄까 봐 짖기는 짖는구나."

모용휘가 고개를 끄덕이며 시선을 돌려 장권호를 바라보았다.

하지만 장권호는 개라는 말에도 기분이 상하지 않은 듯 오히려 미소를 보이며 말했다.

"입이 천한 놈들이군."

"……!"

장권호의 말에 한순간 객잔의 공기가 회오리치듯 바뀌었고, 남궁령의 눈동자에 살기가 감돌았다. 지금까지 살면서 천하다는 말은 자신이 남들에게 하는 것이었을 뿐 감히 자신에게 그런 말을 하는 사람은 단 한 명도 없었다.

그것은 모용휘도 마찬가지였다. 당연히 분노할 수밖에 없었고, 절로 살기를 드러냈다.

"혀를 뽑아버려야 할 개새끼로군."

모용휘가 신형을 돌리자 장권호는 마치 그를 없는 사람 취급하며 일 층으로 내려와 임소궁의 앞에 섰다.

임소궁은 갑자기 나타난 장권호가 자신의 앞에 서자 주춤거렸다. 그의 키가 자신보다 머리 하나는 더 컸기 때문이다. 그 모습만으로도 위압감이 느껴졌다.

"자네 이름이 임소궁이라 했나?"

"그, 그렇소."

"포양호 인근의 유가장이라고 아나?"

"포양호 인근에 유가장은 서른 개가 넘소. 그중에 어떤 유가장을 말하는 것이오?"

"꽤 오래된 곳이고, 지금은 사람이 살지 않는 곳."

"그러니까 그런 유가장도 꽤 되오. 내 말은 어떤 위치에 있는지 묻는 것이오."

"노산 인근이라 들었는데……."

"그곳이라면 알고 있소. 노산 인근에 유가장이 하나 있으니 말이오."

임소궁은 얼떨결에 장권호의 질문에 대답하고 있었다.

그런 임소궁의 말에 장권호는 표정을 밝히며 고개를 끄덕였다.

"안내해줄 수 있나?"

"내가 왜 그런 일을 해야 하오?"

임소궁이 어이없다는 듯 되묻자 장권호가 미소를 보였다.

"자네가 마음에 들어서 그러네."

장권호의 말에 임소궁은 조금 어이없어하면서도 이렇게 막무가내인 사내는 처음이라는 듯한 눈으로 그를 바라보았다.

이내 장권호가 신형을 돌려 모용휘와 남궁령을 바라보았다.

"이제 그만하는 게 좋을 것 같소."

장권호의 말에 모용휘가 어이없다는 듯 말했다.

"무슨 헛소리를 하느냐? 나는 저놈의 팔을 잘라야 한다. 이건 분명 서로 약속한 일이니 네놈이 관여할 문제가 아니야."

"팔을 안 주고 끝낼 수는 없소?"

장권호가 묻자 모용휘가 당연하다는 듯 고개를 끄덕였다.

그때 뒤에 있던 남궁령이 한 발 나서며 말했다.

"네놈의 그 필요 없는 팔을 잘라준다면 오늘 일에 대한 모든 무례를 용서하지."

"내가 무례했소?"

"내게 욕을 하지 않았느냐?"

남궁령의 말에 장권호가 미소를 지으며 물었다.

"무슨 욕을 했소?"

"그건……."

남궁령은 차마 자기 자신에게 천하다는 말을 못하고 당황하며 얼굴을 붉혔다.

"입은 좋군. 아무래도 네놈의 팔을 대신 잘라야겠다. 그게 더 기분이 좋을 것 같으니."

모용휘가 검을 들어 손목으로 원을 몇 번 그리며 말하자 장권호는 고개를 끄덕였다.

"내 팔은 좀 비싼 편이라…… 줄 수가 없는데?"

장권호의 말에 모용휘가 반보 앞으로 나서며 검을 들었다.

"팔과 함께 혀까지 받아야겠다."

"눈도 뽑아야 해요."

남궁령이 당연하다는 듯 말하자 장권호는 조금 어이없다는 표정으로 두 사람을 바라보다 이내 강렬한 신광과 함께 내력을 끌어올렸다.

삽시간에 주변으로 강한 기도가 퍼지는 것을 느낀 남궁령과 모용휘의 표정이 굳어졌다. 장권호의 신형이 갑자기 더욱 커진 것처럼 보였기 때문이다.

쉭!

순간 장권호의 신형이 잔상을 남기며 사라지자 모용휘의 눈동자가 커졌다. 어디로 사라졌는지 보이지도 않았기 때문이다. 그렇게 커 보이던 장권호가 없어졌다는 게 어이가 없었다.

"뒤!"

놀란 남궁령이 크게 외쳤다.

그 순간 자신의 옆에 서 있는 장권호를 발견한 모용휘는 몸을 움직이려다 뒤통수에서 느껴지는 강렬한 고통에 눈을 감아야 했다.

털썩!

모용휘가 손 한 번 움직이지 못하고 바닥에 쓰러지자 남궁령이 놀란 표정으로 눈을 부릅떴다. 임소궁 역시 믿어지지 않는 듯 장권호를 바라보았다.

장권호가 남궁령에게 시선을 던지며 말했다.

"실력이 있어도 방심하면 안 되오."

장권호의 말에 남궁령은 마른침을 삼켰다. 모용휘의 무공에 대해선 누구보다 잘 아는 그녀였다. 분명 모용휘는 이렇게 허무하게 쓰러질 사람이 아니었다. 장권호의 말처럼 방심한 게 분명했다. 처음부터 장권호가 자신보다 뛰어난 고수라는 사실을 깨달았다면 이렇게까지 싱겁게 끝나지는 않았을 것이다.

물론 장권호도 모용휘가 남궁령보다 상대하기 어렵다는 것을 파악했기 때문에 그를 먼저 친 것이다. 그가 너무나 쉽게 쓰러진 탓에 남궁령은 오히려 위축될 수밖에 없었다.

장권호의 기도와 날카로운 신광에 잠시 주춤거렸던 남궁령이 곧 평정을 찾고는 싸늘한 표정으로 입을 열었다.

"네놈의 이름이 무엇이냐?"

"왜 묻지? 모용세가와 남궁세가의 이름으로 복수하겠다는 것인가?"

"흥! 내 개인적인 일에 가문까지 끌어들이지는 않는다. 기필코 네놈에게 복수를 하기 위함이다."

남궁령의 말에 장권호는 의외라는 듯 눈을 반짝였다. 지금까지의 행동을 보면 분명 가문의 후광만 믿고 날뛰는 망아지 같았기 때문이다. 그런데 아니라고 하니 의외일 수밖에 없었다.

"이자에게 사과하면 이름을 알려주지."

장권호의 말에 남궁령은 어깨를 미미하게 떨더니 살기를 보이며 말했다.

"나는 지금까지 살면서 단 한 번도 남에게 사과를 한 적이 없어. 네놈이 나를 죽인다 해도 절대 사과하지 않을 것이다."

그녀의 말에 장권호는 살짝 눈살을 찌푸렸다.

"이 기회에 사과하는 방법을 배우는 것도 좋지 않을까?"

"미친놈……. 차라리 나를 죽여라. 그게 더 빠를 것이다. 저런 것들에게 사과를 하느니 차라리 죽는 게 낫다."

남궁령이 고개를 저으며 죽어도 할 수 없다는 듯 말했다. 그녀의 눈빛은 흔들림이 없었고, 명가에서 자란 도도함이 묻어나 있었다.

'남궁세가가 천하제일의 세가라더니…… 과연…… 망아지도 격이 있는 것 같군.'

장권호는 신광이 서린 자신의 눈빛을 정면으로 응시하는 남궁령의 기백에 고개를 끄덕였다. 하지만 남궁령은 반드시 사과를 해야 했다. 그래야 임소궁을 통해 유가장을 찾을 수 있기 때문이다.

"그렇다면 힘으로라도 사과하게 해야겠소. 무례할지도 모르니 이해하시오."

장권호의 말에 남궁령은 표독스러운 표정으로 살기를 드러내며 검을 뽑아들었다.

"할 수 있으면 해보거라. 개 같은 놈."

장권호는 짧은 숨을 내쉬었다. 이런 일을 썩 좋아하지는 않기 때문이다. 하지만 지금 자신에게 필요한 것은 유가장의 정확한 위치였고, 지금이 더할 수 없이 좋은 기회였다. 또한 남궁령의 말투는 사람의 기분을 나쁘게 하였다.

"마음에 안 들어."

휘릭!

장권호의 신형이 바람처럼 미끄러지듯 남궁령을 향해 다가갔다.

남궁령은 기다렸다는 듯이 십여 개의 검기를 뽑으며 장권호의 정면으로 그물을 만들어 공격했다.

수십 개의 검기 다발이 한순간에 나타나자 그 모습 또한 대단했고, 검의 잔상이 환상처럼 공간을 가득 메웠다.

하지만 상대는 장권호였다. 장권호의 신형은 아무렇지도

않다는 듯 가볍게 검의 잔상 속으로 들어갔다.

　남궁령은 놀라 눈을 부릅떴다. 너무 쉽게 자신의 초식을 벗어났기 때문이다. 지금까지 이토록 쉽게 자신의 검을 벗어나는 사람은 본 적이 없었다.

　그 순간 어느새 뒤에 나타난 장권호의 양손이 남궁령의 양어깨를 눌렀다.

　"아악!"

　절로 비명이 터져 나왔다. 마치 천 근 바위가 누르는 듯한 충격에 남궁령은 바닥에 무릎을 꿇었다.

　"이! 이 빌어먹을 개자식아!"

　남궁령이 크게 외치든 말든 장권호는 아무렇지도 않게 그녀의 어깨를 잡아 더욱 눌렀다.

　"까아악!"

　남궁령은 어깨가 부러지는 듯한 충격에 혼절할 것 같아 자신의 몸이 저절로 숙여지는 것도 모르고 있었다.

　그렇게 납작 바닥에 고개를 숙인 남궁령이 전신을 떨었다.

　"추, 충분하오……. 그만해도 되오."

　오히려 지켜보던 임소궁이 놀라 말리자 장권호는 임소궁에게 시선을 던졌다.

　"안내해주겠나?"

　"물론이오. 그러니 그만하시오."

　"그러지."

장권호는 고개를 끄덕였다.

처음에 너무 분노해서 자신의 감정을 주체하지 못하고 달려온 임소궁은 모용휘가 쓰러지자 어느 정도 이성을 찾을 수 있었고 감정도 돌아왔다. 그제야 상대가 모용세가와 남궁세가라는 것을 다시 한 번 상기할 수 있었다.

젊은 혈기에 덤빌 수도 있지만 후환이 두려운 것도 사실이었다. 도성문은 작은 문파였기에 그들이 만약 분노하면 흔적도 없이 사라질 수도 있었다.

"수고했소."

장권호가 손을 떼고 남궁령의 앞으로 나오자 남궁령이 고개를 들었다.

"야!"

그녀가 날카롭게 외쳤다.

장권호는 고개를 돌려 눈물을 떨어뜨리는 남궁령을 바라보았다. 그녀는 슬퍼서 우는 게 아니라 원한과 분노 때문에 눈물을 흘리고 있었다. 지금까지 이렇게 모멸감과 수치심을 느껴본 적은 없었기 때문이다.

남궁령은 자리에서 일어나자마자 다짜고짜 장권호를 향해 달려들었다.

"죽여버리겠어!"

남궁령의 신형이 번개처럼 빠르게 다가오자 장권호는 가볍게 손을 들어 그녀의 검을 잡았다.

"……!"

남궁령은 놀라 눈을 부릅떴고, 구경하던 임소궁도 마찬가지였다. 장권호가 맨손으로 검을 잡았기 때문이다.

"크윽!"

남궁령의 전신이 미미하게 떨렸다. 검을 빼려 해도 뺄 수 없었다. 마치 커다란 바위에 깊게 박힌 것 같았다. 무엇보다 장권호의 손에서 피 한 방울 흐르지 않는 게 신기하고 놀라웠다.

하지만 그녀는 지금 이성보다 감정이 몸을 지배하고 있었다. 눈에 보이는 모든 걸 제대로 볼 수 없는 상황이었기에 단지 자신의 검을 잡았다는 것에 분노해 크게 외쳤다.

"무식한 개자식!"

"훗!"

장권호가 가볍게 웃음을 보이며 잡은 검을 뒤로 강하게 밀자 남궁령은 그의 힘을 이기지 못하고 헛바람 소리와 함께 엉덩방아를 찧었다.

고개를 든 그녀는 어느새 장권호가 밖으로 나가 있는 것을 보고 재빨리 일어나 외쳤다.

"야, 이 개자식아! 이름을 말해라! 약속했잖아!"

그녀의 외침에 장권호는 고개를 돌려 남궁령을 향해 전음을 날렸다.

『장권호.』

"……!"

남궁령의 눈이 부릅떠졌다. 믿을 수 없다는 듯이 멀어지는 장권호의 뒷모습을 바라보며 어금니를 깨물었다.

"장…… 권호."

그녀는 주먹을 말아 쥐고 전신을 떨기 시작하다 이내 쓰러진 모용휘를 깨웠다.

*   *   *

"솔직히 너무 통쾌했소."

유가장으로 향하는 길을 걸으며 임소궁이 크게 말했다.

그는 옆에서 걷고 있는 장권호를 신기한 표정으로 바라보았다.

"그때 그 남궁 소저의 얼굴은 똥을 씹는 표정이었소이다. 기분이 좋았소. 그리고 다시 한 번 말하지만 정말 고맙소."

임소궁은 얼굴을 제외한 거의 대부분의 몸을 붕대로 감고 있는 상태였기에 옷깃 사이로 천이 보였다. 부상이 심했지만 장권호를 안내하기 위해 불과 이틀만 쉬고 도성문을 나온 것이다.

"그런데 사람도 안 사는 폐가에는 왜 가려는 것이오?"

"그곳에 볼일이 있으니까."

"볼일이라면……?"

"개인적인 일이네."

장권호의 말에 임소궁은 더 이상 묻지 않았다. 대신 다른 궁금한 것을 물었다.

"그런데 존성대명을 안 가르쳐주는 이유가 무엇이오?"

"알고 싶은가?"

"물론이오."

"죽을 것이네."

임소궁은 침음을 삼키며 입을 닫았다.

장권호는 자신의 이름을 알리면 분명 문제가 생길 거라 생각했다. 바로 살수라는 직업 때문이다. 이름을 알리지 않고 조용히 왔는데도 그들은 자신의 눈앞에 나타났다.

거기다 보이지 않는 다른 적들도 있었다. 괜히 자신의 이름을 거론했다 피해를 주는 것보다 차라리 모르는 게 나을 것이라 여겼다.

"저곳이오."

임소궁이 저 멀리 작은 동산 입구에 자리한 장원을 바라보며 말하자 장권호는 곧 걸음을 멈추었다.

"이만 가보게. 고맙네."

장권호의 말에 임소궁이 아쉽다는 표정으로 말했다.

"볼일이 끝날 때까지 기다리겠소."

"아니네."

장권호는 임소궁의 호의에 고개를 저었다.

"내게는 은인인데 이대로 보내기에는 내 마음이 불편해서 그렇소이다. 그러니 그냥 기다리겠소. 볼일을 마치고 나오면 다시 마을로 안내하리다."

"그러지 말게나."

"그럼 볼일을 마치고 우리 도성문으로 오시오. 식사라도 한 끼 대접하고 싶소이다."

그의 간절한 눈빛에 장권호는 그 말까지 거절하진 못하고 고개를 끄덕였다.

"그렇게 하지."

"고맙소. 그럼 이만."

장권호의 대답에 임소궁은 기분 좋은 표정으로 포권한 후 신형을 돌려 왔던 길로 다시 걸어갔다.

그가 가는 모습을 확인한 장권호는 천천히 장원으로 걸어 들어갔다.

장원에 들어온 장권호는 떨어진 현판을 피해 무릎까지 자란 풀밭을 걸었다. 풀밭 바닥은 청석으로 깔아놓은 듯 돌들이 보였고 반쯤 무너진 전각이 눈앞에 있었다.

전각의 입구에는 의자와 다탁이 놓여 있었는데, 허물어져 가는 장원과 어울리지 않게 깨끗해 만든 지 얼마 안 된 새것으로 보였다.

저벅! 저벅!

발걸음 소리가 좌측에서 들려오자 장권호는 고개를 돌려 걸어오는 사람을 향해 시선을 던졌다. 그는 허리에 검을 차고 있었으며, 깨끗한 백의 무복에 인상 좋은 눈매를 한 중년인이었다.

"자네는 누구인가?"

"장권호라 하오."

"호오…… 자네가 장권호로군. 나는 정철이라 하네."

자신의 이름을 정철이라 밝힌 중년인은 의자에 다가가 앉았다. 그리고는 장권호에게 시선을 던지며 다시 말했다.

"이곳을 관리하는 사람이지."

"반갑소."

장권호의 말에 정철은 고개를 끄덕였다.

"나도 반갑네."

정철은 그렇게 짧게 말한 후 손을 들어 박수를 한 번 쳤다. 그러자 그 울림이 거대하게 장원 전체로 울려 퍼졌다.

이내 전각 안에서 이십 대 초반으로 보이는 홍의 여인이 찻주전자와 찻잔을 들고 나타나 다탁 위에 올려놓고는 찻잔에 차를 따랐다.

그녀는 잠시 장권호를 바라보다 곧 정철의 뒤에 섰다.

"손님이 온 모양입니다."

말소리와 함께 전각 안에서 이십 대 중반의 젊은 청년 한 명이 나왔다. 등에 반월도 두 개를 찬 그는 상당히 날카로운 눈매에 호리호리한 체격을 하고 있었으며, 청색 무복을 입고 있었다.

"기다리면 온다고 하더니 정말이었군."

이번에는 우측에서 흑포를 두른 채 보통 체격에 평범한 얼굴을 한 삼십 대 후반의 인물이 나타났다. 하지만 인상은 이들 중 가장 강렬했다. 왼 얼굴에 긴 흉터가 이마에서 눈을 지나갔기 때문이다.

그는 차가운 눈동자로 장권호를 바라보며 정철의 옆에 섰다. 어깨에 검을 멘 채였다.

"저자가 장권호인가?"

물음과 함께 전각 안에서 사십 대 중반의 조금 작은 중년인이 모습을 보였다.

갈포를 입고 있는 중년인은 다른 사람들과 다르게 무기를 가지고 있지 않았다. 하지만 누구보다 차가운 기도를 내뿜는 인물이었다.

그들을 하나씩 둘러보던 장권호의 입술에 차가운 미소가 걸렸다.

"나를 기다린 것이오?"

"물론이네."

정철이 대표로 대답했다.

그는 느긋한 표정으로 차를 한 모금 마시며 입술을 축이더니 다시 말했다.

"자네가 이곳에 온다는 소식을 듣고 기다리고 있었지. 그런데 생각보다 늦게 왔군그래."

"얼마나 지겨웠는지, 원……. 쯧!"

중년인의 말에 갈포의 중년인이 혀를 찼다. 정말 기다리기 지루했다는 듯 하품까지 하는 그였다.

"나는 이미 소개를 했으니 각자들 소개하게나. 보시다시피 저자가 장권호이네."

정철의 말에 모두들 고개를 끄덕였다.

"나는 노홍구라 하지."

가장 먼저 갈포의 중년인이 말하자 얼굴에 흉터가 있는 흑의인이 말을 이었다.

"나는 송범상이라 하네."

"장학이다."

이번엔 등에 반월도를 찬 청년이 말했다.

마지막으로 정철의 뒤에 서 있던 홍의 여인이 자신을 소개했다.

"우반옥."

우반옥의 말까지 끝나자 장권호가 입을 열었다.

"나를 오랫동안 기다린 모양이오?"

"물론이지."

"이유가 무엇이오?"

정철은 장권호의 물음에 차가운 미소를 입가에 걸었다.

그런 그의 분위기가 갑자기 변하더니 차가우면서도 조금 으스스한 귀기가 흘러나왔다.

'마공(魔功)?'

순간적으로 장권호의 머리를 스치는 생각이었다. 정도의 무공과는 다른 기도와 기운이었기 때문이다. 거기다 이런 느낌의 기도를 몇 번 접한 적이 있었는데, 그들은 대다수 마도 인이었다.

"자네의 뼈를 이곳에 묻기 위함이네."

"음……."

장권호는 정철의 말에 침음성을 흘리며 차갑게 눈을 반짝였다. 자신의 느낌이 맞았기 때문이다.

무엇보다 지금 상황은 굉장히 충격적이었다. 풍운회주의 말이 함정이나 마찬가지였기 때문이다. 그가 말했기에 이곳에 왔건만, 이곳에서 자신을 기다리는 것은 자신을 죽이기 위한 사람뿐이었다.

바보라도 풍운회주를 의심할 것이다.

"나에게 원한이라도 있나?"

장권호의 목소리와 말투가 바뀌자 정철이 눈을 빛냈다. 그의 기도가 남다르게 굳건했기 때문이다.

"우리에게 원한 같은 건 상관없는 일이야. 단지 우리는 해야 할 일을 할 뿐이다."

"누가 시켰나?"

직접적인 물음에 정철은 미소를 보였다. 예상했던 질문이었기 때문이다.

"굳이 알려줄 이유가 있는가? 곧 죽을 터인데?"

"하하하하!"

장권호가 앙천광소를 터트리며 크게 웃자 장원 전체가 가볍게 흔들렸다.

그 소리에 정철의 이마가 살짝 굳어졌다. 생각했던 것 이상으로 장권호의 내력이 심후했기 때문이다.

그래도 그가 이곳에서 죽는다는 사실은 변하지 않을 것이다.

"나의 죽음을 확신하는 것으로 보아하니 나를 잘 아는 모양이군?"

"잘 알지. 장백파의 제자로 사형이 두 명 있는데 모두 죽었다지? 장검명과 장도용이었던 것으로 기억하는데……? 그리고 자네가 남았군. 또한 장백파는 불에 타고……. 그래서 자네가 강호에 나온 게 아닌가? 장백파의 복수를 위해 무적명을 죽이겠다고 말이야."

정철의 말에 장권호의 눈빛이 변하며 전신으로 사나운 투기가 발산되기 시작했다. 너무 자세히 잘 알고 있었기 때문이다.

정철이 다시 한 번 말했다.

"왜 강호에 나왔는지 모르겠군……. 상대가 무적명인데 말이야. 나라면 그냥 조용히 살 텐데……. 그랬다면 이렇게 우리가 움직이는 일도 없었을 것이고, 장백파는 명맥이라도 유지하겠지. 설마 이천여 년의 역사를 가진 장백파의 명맥을 끊고 싶은 것인가? 자네가 죽으면 장백파도 끝이라는 사실을 알아야 하네."

정철이 타이르듯 말하자 장권호는 미소를 보였다.

"아직 스승님이 살아 계시고 내가 살아 있는데 무슨 헛소리를 하는지 모르겠군."

곧 짧은 숨을 내쉰 그는 담담한 눈빛으로 정철에게 다시 말했다.

"정철이라 했나?"

"건방진 녀석이로군."

자신의 이름을 함부로 부르자 정철이 찻잔을 들며 중얼거렸다.

"네놈은 살려주지……. 알아내야 할 게 좀 있으니까."

"하하하하!"

정철이 차를 마시려다 크게 웃었다. 장권호의 말이 너무 어처구니없게 들렸기 때문이다.

그 순간 옆에 서 있던 반월도의 청년이 앞으로 나서며 차갑게 말했다.

"내가 먼저 하지."

장학은 장권호의 앞에 선 후 반월도를 양손에 쥐고는 차갑게 말했다.

"사람들이 나를 부를 때 혈화객(血花客)이라 부른다. 피가 튀는 모습이 꽃망울처럼 예쁘다고 하더군."

그의 말에 장권호는 묵도를 꺼내 손에 쥐었다.

"처음 들어보는군. 무명소졸인가?"

"……!"

장학의 눈초리가 흔들렸다. 자신을 무시하는 말에 차갑던 눈동자가 흔들린 것이다.

그는 살기를 보이며 번개처럼 움직였다.

"뼈와 살을 발라주지."

쉭!

⟨다음 권에 계속⟩

바람의 라트

Holy War

양승훈 판타지 장편소설

FANTASYSTORY & ADVENT

악마여, 내 영혼을 탐하고 갈취하라.
그리고 이 세상을 응징할 힘을 다오!

양승훈 판타지 장편소설

『바람의 라트』

부패한 평화가 끝나고 성전의 시대가 온다!
영혼과 맞바꾼 힘으로 세상을 부수리라!

블레이드 헌터

김정률 판타지 장편소설

FANTASYSTORY & ADVENTURE

『소드 엠페러』,『다크 메이지』,
『트루베니아 연대기』의 작가
김정률 판타지 장편소설

혼돈의 시대를 가로지르는 빛의 검이 되어라
『블레이드 헌터』

세계의 균형을 위협하는 빛나는 검의 출현!
마스터의 유지를 받들어 그 비밀을 밝힌다!

dream
books
드림북스

건아성 판타지 장편소설
FANTASY STORY & ADVENTURE

스페로 스페라

Spero Spera

『은거기인』, 『군림마도』, 『무명서생』의 작가!
건아성 판타지 장편소설

꼭 돌아가리라! 나를 기다릴 황제의 곁으로……

『스페로 스페라』

황제의 호위무사에서 적의 포로,
노예 다음엔 나이트,
그러나 나는 여전히 황제의 호위무사다!